GABRIELLE DUBOIS

ELFIE
SAISON 1

« Liberté de la pensée, liberté d'écrire et de parler, sainte conquête de l'esprit humain ! que sont les petites souffrances et les soucis éphémères engendrés par tes erreurs et tes abus, au prix des bienfaits infinis que tu prépares au monde ? »

George Sand

ÉPISODE 1

La lumière des réverbères

Elle se mit à chanter entre chien et loup, avant que la nuit tombe, alors que les allumeurs de réverbères ouvraient les vannes de gaz. Les uns après les autres, les lampadaires, fidèles sentinelles de la ville, éclairaient la nuit de Paris.

Tout le jour, elle avait marché, confiante en l'avenir, souriant aux passantes, épiciers, immeubles ou boutiquiers, jusqu'aux platanes dont les feuilles dorées finissaient de tomber. Elle avait croisé les charrettes vides des maraîchers et fermiers qui avaient écoulé sur les marchés de Paris leurs légumes, volailles et fromages. Fourbus, les paysans, levés depuis deux ou trois heures du matin, dormaient assis sur les bancs de leurs charrettes, leurs têtes dodelinant au gré des ornières de la route. Ciel gris et bas, air humide et frais, le temps avait été idéal pour une longue marche. Le cœur léger, elle avait cheminé sans toucher terre, du pas décidé de ses quinze ans.

Mais quand le soleil disparut derrière les immeubles parisiens laissant place à la pénombre annonciatrice de la nuit, son assurance s'évanouit aussi rapidement que les commerçants fermaient les panneaux de bois de leurs échoppes, laissant les trottoirs aux ombres noires de cette nuit d'octobre 1865.

D'après les plans qu'elle avait étudiés et appris, pendant un mois, en cachette, dans le bureau de son père, elle serait bientôt chez sa tante. Elle avait franchi la Seine par le pont de la Tournelle, elle touchait au but. Au bout de la rue des Deux Ponts, elle tournerait à droite sur le quai d'Anjou et arriverait enfin à destination, au cœur de Paris, au commencement de sa vie. Elle hâta le pas, mais sans trop, pour ne pas attirer l'attention sur elle. Elle ne baissa pas la tête, pour marquer son assurance, mais seulement les yeux, ayant peur de trahir, d'un regard, ses inquiétude et inexpérience.

Depuis Clamart, son point de départ, elle s'était inventée toutes sortes d'explications, au cas où quelque personne bien intentionnée voire, un agent de police, aurait voulu savoir où elle allait ainsi, toute seule. À chaque nouvelle excuse qu'elle avait imaginée, elle s'était félicité de son imagination fertile.

Mais maintenant que la nuit obscurcissait les trottoirs inhospitaliers de la capitale, elle prit peur. Cette aventure insensée ne pouvait que mal se terminer. Soit elle ferait une mauvaise rencontre, elle ne savait exactement ce que c'était, mais on l'avait mise en garde à ce sujet à mots si mystérieux et inquiétants qu'elle en avait toujours eu peur ; soit un agent de la force publique la ramènerait chez elle, ce qui ne serait guère mieux.

Enfin, elle arriva quai d'Anjou. Elle chantait toujours, doucement, de sa voix grave et chaude, puissante comme celle d'un homme et qui contrastait étrangement avec son corps qu'on devinait plutôt fluet. Elle se concentrait sur sa musique intérieure qui la protégeait du silence de la nuit et des bruits de la ville. Un fiacre s'arrêta non loin devant elle. Pourquoi là, précisément ? Son cœur s'emballa. Elle continua d'avancer sans changer son allure, chantant toujours. La porte du fiacre s'ouvrit, un lampadaire en éclaira faiblement l'intérieur. En un coup d'œil, au travers de la lucarne arrière, elle vit un homme qui en embrassait un autre sur la bouche. Ce dernier lui caressa furtivement la joue avant de le laisser descendre. Elle baissa les yeux rapidement. *J'ai dû mal voir*, pensa-t-elle. Sans s'en rendre compte, elle chantait toujours, troublée par la scène furtive du fiacre.

Elle jeta un rapide regard vers l'homme debout sur le trottoir. Devant elle se dressait, comme dans son abécédaire d'enfant, un lion géant et son impressionnante crinière. *L comme lion*. L'homme était très grand et corpulent. Il tenait son chapeau d'une main, ses cheveux châtains clairs et épais tombaient sur le col relevé de son manteau. L'homme se tourna en entendant le chant. Il s'étonna que ce fût d'une si jolie bouche en cœur, aux lèvres douces et roses, que sortît le chant mélodieux mais si grave qu'on aurait cru entendre un homme. Sous la lumière dansante et jaunâtre du bec de gaz, sa chevelure s'animait comme la crinière d'un fauve dans la savane africaine au soleil couchant. Son regard reflétait l'intelligence, son visage l'animalité. La tête légèrement penchée sur le côté, il la regardait en souriant. Son visage, semblable à celui du roi de la savane eût été superbe sur un lion, mais sur un humain, les traits étaient disgracieux. Son front bombé se creusait d'une profonde ride verticale de la racine des cheveux jusqu'au au nez épaté, des lèvres épaisses ourlaient sa mâchoire très avancée. Surprise, mais pas apeurée, elle cessa de chanter.

Le fiacre repartit quand elle arriva à la hauteur de l'homme. Au même instant, de l'ombre de la rue Poulletier, surgirent deux agents de police :

- Que faisiez-vous dans le fiacre avec cet homme, monsieur ? demanda le premier agent au lion.

- Je disais au revoir à mon frère, monsieur l'agent, répondit-il tranquillement.

- Votre frère ?

Le ton était suspicieux. L'autre agent s'adressa à la jeune fille qui avait dû s'arrêter devant les trois hommes qui encombraient le trottoir :

- Êtes-vous seule, mademoiselle ? Cet homme vous importune ?

Elle était arrivée jusqu'ici, quai d'Anjou où vivait sa tante, elle ne pouvait pas échouer si près du but ! Paniquée, elle leva un regard d'oiseau pris au piège vers le lion qui lui sourit de nouveau. De son bras lourd, il lui entoura les épaules et annonça aux agents :

- Mon petit rossignol était avec mon frère et moi dans le fiacre. Nous nous rendons un peu plus loin sur le quai, messieurs. Pouvons-nous disposer ? Mademoiselle pourrait prendre froid.

La voix de l'homme était étonnamment douce et charmeuse. Les agents froncèrent le sourcil, mais passèrent leur chemin. L'homme s'était mis en marche, tenant encore la jeune fille sous son bras.

- Merci, monsieur, dit-elle en se dégageant.

- Il serait plus prudent que je vous accompagne, les rues ne sont pas sûres pour une fille seule. Sur ce point, les agents n'avaient pas tort.

Il la dépassait de plus d'une tête. Son beau manteau noir en drap de laine fermé par des brandebourgs, au col de fourrure de couleur fauve, couvrait son corps massif. L'ombre d'arcades sourcilières trop proéminentes n'arrivait pas à gâcher son regard pétillant et intelligent ; de lourdes paupières tombaient sans grâce sur ses grands yeux bleus qui se fixèrent sur ceux de la jeune fille. Ses deux amandes vertes aux paillettes dorées s'allongeaient indéfiniment sur les tempes. Elles dénotaient dans ce visage enfantin aux pommettes légèrement saillantes et aux joues encore pouponnes.

De sous son chapeau, s'échappaient de son chignon sérieux quelques mèches châtain presque cuivrées. Elle semblait plutôt menue dans sa robe de jour en drap de laine imprimée de petits motifs en ramages marrons sur fond corail rosé, ocre et vert tendre. La jupe, ne descendant pas jusqu'au sol, laissait voir de menues bottines de daim. Couvrant ses épaules, une mante courte en lainage crème, terminée par un duvet de même ton accentuait l'impression de petite fille de son allure générale.

- Puis-je vous offrir ma protection, mademoiselle ? insista le lion.

- Non merci, monsieur. Je connais mon chemin, je ne suis plus très loin.

Il s'écarta pour la laisser passer. Tendant le bras devant lui d'un geste théâtral, il s'inclina :

- Je vous en prie, après vous, petit rossignol.

Elle ne dit rien, baissa les yeux et avança, espérant qu'il prendrait une autre direction.

Après une dizaine de pas, elle reprit doucement son chant, de nouveau confiante en l'avenir, fière de s'être sortie de ce contretemps. L'immeuble en pierres blanches de sa tante se trouvait à mi-chemin entre deux lampadaires. Elle faillit passer devant sans en lire le numéro au-dessus de la lourde porte cochère fermée. Les fenêtres hautes présageaient de grands appartements, hauts de plafonds. Il n'y avait qu'un seul balcon sur la façade, au niveau du deuxième étage, en fer forgé doré à la feuille. De ce balcon, on devait avoir une vue magnifique sur la Seine et sur l'autre rive.

La jeune fille redressa ses épaules en arrière en étirant son cou long et fin, se tenant aussi droite qu'à la pension, quand elle était convoquée dans le bureau de la mère supérieure. Elle tenta d'ouvrir la porte pour les piétons découpée dans la grande porte cochère, mais elle lui résista. Elle s'inquiéta à l'idée de voir revenir les agents de police, mais c'est l'homme au visage de lion qui surgit de l'ombre :

- Décidément, nos chemins sont faits pour nous réunir. C'est aussi dans cet immeuble que je me rends ce soir, petit rossignol.

La suivait-il ?

ÉPISODE 2

Le scarabée

L'homme à tête de lion ouvrit la porte en la poussant fortement de l'épaule, entra dans la cour de l'immeuble et la tint à la jeune fille, s'en écartant pour qu'elle entre aussi. Elle se pencha légèrement en avant, allongeant le cou pour jeter un coup d'œil dans la cour pavée faiblement éclairée par les lumières venues des fenêtres. Et si cet homme s'en prenait à elle une fois entrée ? Elle n'arrivait pas à se l'imaginer : il lui inspirait confiance. Mais elle recula quand même vers la chaussée :

- Je n'entre pas monsieur, dit-elle.

- Bien.

Il lâcha la porte et s'enfonça dans la cour.

Avant que la porte se referme, elle glissa son pied pour la bloquer. Quand le lourd panneau de chêne se referma dessus, elle laissa échapper un petit cri de douleur. Elle attendit quelques secondes, puis, quand elle pensa que la cour intérieure devait être déserte, de tout le poids de son corps, elle poussa la porte.

Entrée au hasard dans un hall au carrelage à damier gris et blanc, elle monta un escalier spacieux en pierre blanche. Sur le demi-pallier se trouvait l'homme à la crinière de lion :

- Puis-je vous indiquer l'appartement que vous semblez chercher ?

Elle hésita, puis se lança :

- Je me rends chez ma tante, monsieur. Madame Leroy.

- Je ne connais pas. Auriez-vous d'autres précisions ?

- C'est une grande actrice. Elle est très célèbre !

Il sourit de l'air d'importance qu'elle avait pris.

- Je me rends moi-même chez une actrice, mais elle se nomme Violette Roi.

- Ah...

- Les comédiens prennent souvent des noms de scène. Et à ma connaissance, il n'y a qu'une actrice à cette adresse. Venez !

Sur le palier du premier étage, il sonna à la seule porte. Une servante ouvrit :

- Bonsoir, monsieur King. Entrez, je vous en prie.

- Bonsoir Lisette. Je suis accompagné, ce soir.

- Je ne suis pas avec monsieur, précisa la jeune fille. Je suis Elfie Montesquiou Ducroisy. Est-ce ici qu'habite madame Violaine Leroy, s'il vous plaît ?

- Madame Violette Roi ? C'est ici.

Cela ne lui disait toujours pas si c'était la bonne personne, mais elle entra. Lizette prit le chapeau et la mante d'Elfie, le pardessus et le chapeau de King et les invita à passer au salon. Elfie laissa King la précéder. À l'entrée du lion, le salon résonna de fortes exclamations de bienvenue. La maîtresse de maison vint l'accueillir en personne, il lui baisa la main.

- Violette, ma chère, vous êtes resplendissante ! Aucun critique ne vous résistera ce soir.

- King, ce sont vos mots qui seront applaudis. Je ne ferai que mon possible pour être à leur hauteur. Mais qui cachez-vous donc derrière vous, mon cher ? demanda Violette Roi à King qui s'écarta un peu :

- Je vous présente mon petit rossignol. Nous sommes arrivés ensemble.

Elfie s'encadrait maintenant sur le seuil du salon aux murs boisés et travaillés sur lesquels étaient accrochés des miroirs aux cadres dorés. De nombreux fauteuils et canapés profonds et moelleux étaient occupés par une vingtaine d'invités : hommes en habits noirs et gilets blancs de soirée, femmes en grands décolletés garnis de bijoux clinquants, aux coiffures impeccables et boucles lustrées bondissant autour de leurs visages poudrés.

Dans sa robe en drap de laine qui, si elle était loin d'être pauvre, n'en était pas moins ridicule dans ce salon, Elfie se sentit mal à l'aise. Pour elle, pas de décolleté, mais des manches longues et une jupe de petite fille qui ne tombait pas jusqu'à terre, laissant apparaître ses solides bottines. Pas de crinoline, seulement un jupon amidonné qui n'avait pas l'ampleur des jupes des dames présentes. Un homme, du fond du salon, lança :

- Angus, depuis quand donnes-tu dans la petite collégienne ?

- Depuis assez longtemps pour que le rossignol et moi ayons déjà derrière nous une aventure, répondit King, oubliant le ton aimable avec lequel il s'était jusqu'à présent adressé à son *rossignol.*

S'en réjouissant intérieurement, ladite *rossignol* jeta un regard désapprobateur à l'homme au fond du salon. Puis elle se tourna vers Violette Roi qu'elle avait reconnue comme étant sa tante. L'actrice était une version plus jeune, vive, gaie et colorée de sa propre mère. Violette, elle, étudiait la nouvelle venue qui annonça, raide comme la vertu :

- Je n'ai pas eu d'aventure avec ce monsieur que je ne connais pas, madame !

Des rires amusées ou moqueurs éclatèrent dans le salon.

- C'est entendu mademoiselle, dit Violette. Si vous nous disiez maintenant qui vous êtes, quoique j'ai bien peur d'en avoir une idée...

- Veuillez excuser mon arrivée à l'improviste, madame. Je suis Elfie Ducroisy Montesquiou.

- La dernière fille de ma sœur Virginie ? Je m'en doutais. Vous avez les yeux de ma mère, votre grand-mère. La dernière fois que je vous ai vue, vous aviez..., Violette Roi se coupa elle-même.

L'actrice n'avouait pas ses vingt-neuf ans, et ne voulait pas révéler que la dernière fois qu'elle avait vu sa nièce, c'était onze ans plus tôt, alors que cette dernière n'en avait que quatre. Dans le salon, les invités, curieux, se redressèrent sur leurs sièges, les yeux rivés sur cette Mlle Ducroisy Montesquiou.

- Belle intrigue théâtrale ! s'écria King, amusé. Violette, vous avez donc une sœur et une nièce ?

- King, où donc avez-vous cueilli ma niè... la demoiselle ?

- Mademoiselle Montesquiou et moi nous sommes mutuellement sauvés des griffes de la police.

- Qu'avez-vous à faire avec la police, mademoiselle ? demanda Violette Roi, suspicieuse.

- Oh, rien, madame, je vous assure !

- Où sont vos parents ?

- Serait-il possible de vous parler en privé, s'il vous plaît, madame ?

- Comment êtes-vous venue jusqu'ici ? insista l'actrice.

Elfie jeta un rapide coup d'œil à l'assemblée qui ne perdait pas une miette de leur échange.

- À pied, madame, avoua-t-elle, tout bas.

- Mon beau-frère ne vit-il plus à Clamart ?

- Si. C'est bien là que nous vivons.

- Vous voudriez me faire croire que vous êtes venue, à pied, depuis Clamart ?

- C'est la vérité, madame !

- Je n'ai jamais entendu une fable pareille ! dit Violette Roi, sévèrement.

Que répondre ? Depuis toujours, la vie d'Elfie était réglée comme du papier à musique. Dans sa famille ou à la pension, chaque parole, chaque geste étaient codifiés. À chaque instant de la journée, Elfie savait exactement ce qu'on attendait d'elle. Elle avait été habillée, conduite, on lui avait dit quoi penser, ce qu'elle était autorisée à dire, ce qu'elle ne devait pas faire. Mais ce soir, elle faisait brutalement face à des gens d'un milieu totalement différent du sien, dans un intérieur étranger, et son éducation protégée l'avait rendue incapable de communiquer avec aucun autre monde que le sien.

Pourtant, elle en mourait d'envie. C'était pour cela qu'elle était venue jusqu'ici. Ici, tout lui semblait en couleurs. Des tentures, canapés, coussins, robes brillantes, jusqu'aux lèvres rouges, tout chatoyait de bleu, de carmin, de vert et d'or. Tout à l'opposé du monde en gris et marron de chez elle ou de celui en noir et blanc des sœurs de la pension et de son propre uniforme.

Angus King intervint :

- Pourquoi ne pas la croire, ma chère Violette ?

Quand j'ai rencontré le petit rossignol, il était effectivement à pied.

- Donc, vous vous êtes enfuie de chez votre père ? demanda Mme Roi.

Elfie ne pensait pas que sa rencontre avec sa tante se déroulerait de cette manière. Elle avait imaginé la trouver seule chez elle, remplie de compassion et l'écoutant lui raconter le pourquoi de sa venue, dans un petit boudoir privé, à l'abri des yeux et des oreilles indiscrets.

- Fabuleux ! s'écria King, peu discret. Une aventurière ! Je l'avais flairé. Et quelle est la raison de votre fugue, mademoiselle ?

Pour toute réponse, il reçut un regard peu commode. Cet homme ne comptait tout de même pas qu'elle raconte sa vie, ici, dans ce salon rempli d'inconnus ?

- Allons ! s'exclama Violette Roi, impatiente. Parlez avant que je vous renvoie chez vous !

Non, décidément, ce n'était pas la tante qu'elle avait imaginée. Elle l'implora du regard, mais elle ne bougeait pas plus que ses invités : on attendait sa réponse ici et maintenant. Elle obéit, par habitude :

- On veut me marier.

- On veut la marier ! railla, du fond du salon, le jeune homme aux cheveux noirs et luisants, qui était déjà intervenu. Sa moustache était aussi fine que la lame tranchante d'un rasoir de barbier.

- Et qu'attendez-vous de moi ? demanda Violette.

- Je ne veux pas me marier, madame, répondit Elfie, tout bas.

- Oh ! La petite demoiselle ne veut pas se marier ! se moqua de nouveau le jeune homme.

Elfie le dévisagea : il était d'une sombre beauté, mais ses yeux étaient vicieux de toute sa personne émanaient des ondes maléfiques. Sa veste en ottoman noir aux reflets verts et violets ressemblait à la carapace des petits scarabées querelleurs de son jardin. Elfie tourna son visage frais et mignon vers l'actrice :

- Serait-il possible que vous m'accordiez un peu de votre temps, madame ? En privé ? L'écho est très désagréable dans cette pièce.

King éclata de rire :

- Ah, ah ! Howard, mon pauvre, te voici bien mouché !

Le dénommé Howard encaissa, mais une lueur mauvaise passa comme un éclair dans ses yeux noirs.

- Elfie, reprit l'actrice, cela ne servirait à rien, je ne peux rien pour vous. Tôt ou tard votre père viendra vous chercher, il a toute autorité sur vous. Je suis désolée.

- Mais vous pourriez lui faire entendre raison, madame !

- La loi est la loi. Vous ne ferez que vous attirer plus d'ennuis en ne rentrant pas chez vous.

- Pourquoi ne voulez-vous pas vous marier, mademoiselle ? réattaqua François-Xavier Howard du fond du salon. Votre mère ne vous a-t-elle pas dit que vous pourriez y trouver du plaisir ?

ÉPISODE 3

Chanter ou partir

Toute jeune, Violaine Leroy, la petite sœur de

la mère d'Elfie, s'était amourachée d'un acteur de troupe ambulante et s'était enfuie avec lui. Violaine avait vite compris qu'elle aimait plus le théâtre que l'acteur. Elle changea son nom pour celui de Violette Roi et se lança dans une carrière de comédienne, où elle réussissait plutôt bien.

Mais son choix n'était pas acceptable pour la famille Ducroisy Montesquiou, dont elle fut bannie par le père d'Elfie. M. Ducroisy Montesquiou n'avait jamais compris ou admis la liberté que sa belle-sœur avait prise. Choisir une voie aventureuse et peu vertueuse au lieu d'épouser un homme riche était au-delà de son entendement. Alors il avait interdit de mentionner le nom et l'existence-même de sa belle-sœur qui avait entaché à jamais le nom de sa propre famille. Mais, dans la famille, l'absence de Violaine était aussi criante que le silence fait autour de son existence. Chacun, même Elfie, la petite dernière, connaissait son histoire.

Trois mois avant ce mois d'octobre 1865, sa mère avait annoncé à Elfie qu'elle ne retournerait pas au pensionnat à la rentrée de septembre parce qu'elle allait se marier. Dans un premier temps, Elfie en avait été toute excitée : enfin quelque chose se passait dans sa vie ! Enfin, elle allait sortir de la maison paternelle, sortir du pensionnat. Mais quand le futur fiancé était venu se présenter à Clamart, en gants blancs, dans le salon de ses parents, la déception avait été à la hauteur de ses espérances. Pourtant l'homme, qui avait probablement vingt-cinq ans, n'était vilain ni de physique ni de caractère. Mais Elfie, qui s'était préparée à une explosion d'amour, n'avait ressenti qu'une immense indifférence. Elle n'avait pu s'intéresser à sa conversation qui ne s'adressait d'ailleurs jamais à elle directement, comme il se devait, mais à sa mère voire, à son père lorsqu'il avait fait une brève apparition dans le salon.

On n'attendait d'Elfie qu'un sourire aimable, des yeux pudiquement baissés et un léger hochement de tête de temps à autre. Aussi, pendant que la conversation s'était éternisée en politesses, Elfie, pour la première fois de sa vie, avait réfléchi à sa situation et au mariage. Pourquoi avait-elle espéré avoir de l'amour pour un homme qu'elle ne connaissait même pas ? Alors qu'elle n'avait jamais ressenti d'amour entre son père et sa mère, seulement de l'habitude. Voulait-elle la même vie que sa mère, cette femme qui avait renoncé à fréquenter sa propre sœur parce que son mari le lui avait interdit, interceptant toutes les lettres de cette dernière ?

Les repas familiaux avaient toujours été silencieux. Seule, Mme Ducroisy Montesquiou ouvrait la bouche de temps à autre pour évoquer une question domestique ou la visite d'une amie. Son père acquiesçait ou la rabrouait, mais parlait peu lui-même : ses affaires, son travail, pensait-il, ne pouvaient être compris ni par sa femme ni par ses enfants qui n'avaient d'ailleurs pas le droit à la parole. Elfie, le jour de la visite de son futur mari, avait compris ce qu'elle avait toujours senti : son père n'avait que du mépris pour sa femme. Tout à coup elle s'était posé la question : que faisait donc son père, en dehors de son travail, le soir, qui le retenait si souvent à l'extérieur ?

Une fois le prétendant sorti, sa mère avait sermonné Elfie :

- Te rends-tu compte du parti que représente monsieur d'Orvigny ? Tu entreras dans une famille bien au-dessus de la nôtre. C'est un honneur. Montre-toi plus enjouée à sa prochaine visite.

Son père, à son tour, l'avait convoquée dans son bureau :

- Voilà deux ans que je me démène en tractations pour ce mariage, Elfie. Vous ne le devez qu'à la dot que j'offre et à votre jolie figure qui a eu l'heur de plaire à monsieur d'Orvigny père quand il nous a fait l'honneur de passer avec nous un après-midi l'été dernier chez votre grand-mère. Quelle était cette tête d'enterrement que je vous ai vue afficher au salon tout à l'heure ? C'est de votre avenir, dont nous parlons ici.

D'un ennui, ce mariage était devenu un devoir, une contrainte.

- Je vous remercie de vous préoccuper avec tant de soins de mon avenir, père. Mais, je ne me sens pas... attirée par monsieur d'Orvigny, avait répondu Elfie, doucement.

- Je vous parle mariage ! avait crié M. Ducroisy Montesquiou. Pas *attirance* ! Est-ce ce genre de mots que l'on vous a appris chez les sœurs que j'ai payées si cher pour votre éducation ? C'est dans l'ordre des choses, ma fille. On ne peut aller contre l'ordre des choses. Sinon, où irait la société ? On sait à quelles innommables extrémités peuvent conduire de tels écarts.

Non, sa fille ne savait pas où irait la société si elle n'épousait pas cet homme. Au reste, elle trouvait que si la société reposait sur ses petites épaules, c'est que sa base était bien fragile ! Enfin, Elfie était à mille lieues de se faire une idée de ce qu'était une *innommable extrémité*. Mais peut-être n'avait-elle pas laissé sa chance à M. d'Orvigny ?

- Serait-il possible, alors, père, que lors de la prochaine visite de monsieur d'Orvigny, je puisse lui parler un court instant seule à seul, afin d'apprendre à le connaître un peu ?

C'est à cet instant que le majordome avait demandé à entrer et avait remis à M. Ducroisy Montesquiou une lettre de sa belle-sœur Violaine Leroy.

Depuis qu'elle avait quitté sa famille, chaque année, celle qui avait pris pour nom de scène Violette Roi, écrivait une lettre à Clamart. Elle n'avait pu se résoudre à rompre totalement avec sa famille. La lettre avait fini, comme toutes les autres, dans la corbeille à papiers où Elfie l'avait récupérée en cachette le soir même.

Entre-temps, la lettre avait encore plus fâché Ducroisy Montesquiou à l'encontre de sa fille. Bouillonnant de rage, il avait pris sa règle sur son bureau et en avait violemment frappé le sous-main en cuir :

- Vous laisser seule avec un homme, Elfie ? L'unique lieu où vous serez seule jusqu'à votre mariage, sera dans votre chambre ! Monsieur d'Orvigny ne vient jusque chez nous qu'à la seule fin de vous étudier, vous, jeune impertinente. Non pour être jugé par vous ! Il y a encore une visite prévue de votre prétendant. Vous vous montrerez agréable, bien élevée et dans les meilleures dispositions qui soient, je vous prie. Dans une quinzaine, nous sommes invités chez les d'Orvigny, dans leur hôtel à Paris, pour deux jours. Nous y fixerons la date du mariage au plus tôt. Que j'en serai soulagé ! Vous, vos chansons populaires et votre insubordination, tout cela ne sera plus de mon ressort, après. Vous pouvez disposer.

C'était grâce à cette dernière lettre de Violaine, datée d'un mois auparavant, qu'Elfie avait su l'adresse de sa tante. Mais sa tante, le seul espoir d'Elfie, l'aiderait-elle ?

Pour l'heure, quai d'Anjou, dans le salon parisien de Violette Roi, perdue pour perdue, Elfie répondit, en le fixant droit dans les yeux, au jeune et arrogant François-Xavier Howard dont, d'instinct, elle n'aimait pas l'allure affectée :

- Non monsieur, je n'ai pas idée des joies que peuvent apporter le mariage...

Surpris par sa réponse directe, il l'interrompit :

- Que peut espérer de mieux une petite bourgeoise telle que vous ? Un mariage avec un bon parti, un joli train de vie, un mari qui saura s'occuper de vous, au moins les premiers temps... après, les beautés se fanent vite !

- Il n'y a pas que la beauté dans la vie, monsieur !

- Oh ? Auriez-vous un peu d'esprit ? Où donc auriez-vous acquis cela ?

- Je ne sais pas si j'en ai, avoua pitoyablement Elfie.

- Comment est-ce possible ? railla François-Xavier, lançant un sourire satisfait à la ronde.

Dans le salon, les paires d'yeux allaient de François-Xavier à Elfie, suivant leur joute verbale avec curiosité. Mais le combat était inégal : jamais auparavant Elfie n'avait participé à une conversation d'adultes. Pourtant, c'était intéressant de s'exprimer. Terrifiant, mais intéressant. Doucement, de sa voix grave et posée, elle répondit :

- Je crois… je crois que jusqu'à présent, on ne m'a rien appris, mais qu'au contraire, on a tout fait pour m'empêcher d'apprendre. Il est facile pour vous, monsieur, de parler comme vous le faites. Vous avez appris tout ce que vous avez voulu, lu tout ce qui vous a tenté. Vous êtes sorti voir le monde sans que vos parents ne vous en empêchent. Mieux, on pousse les jeunes hommes dehors. Vous ne devriez pas vous permettre de juger une personne qui, par le seul fait de son sexe, a été intellectuellement enfermée depuis sa naissance.

Angus King sourit à Elfie :

- Je sais de quel côté du salon se trouve l'esprit, ce soir, petit rossignol.

La jeune fille interrogea sa tante du regard. Violette Roi, étonnée par le discours de sa nièce, ne disait toujours rien.

- Bien, annonça Elfie d'une voix plus basse encore, pensant qu'il n'y avait rien à tirer de sa tante. Je pense vous avoir assez importunée, madame Roi. Je vous prie de bien vouloir excuser mon intrusion. Mesdames, messieurs, je vous souhaite une bonne soirée.

Tâchant de rester aussi digne que possible, elle tourna les talons, abattue, mais aussi terrifiée à l'idée de ce qui l'attendait : refaire en sens inverse les onze kilomètres vers Clamart, seule, à pied et de nuit.

- Attendez une seconde Elfie, dit Violette. King, pourquoi l'appelez-vous votre *rossignol* ?

- Le rossignol, dit King, est un adorable petit oiseau au plumage châtain cuivré, aux longues pattes fines et robustes. Vous n'êtes pas sans savoir, chère Violette, que son chant est mélodieux et varié et... qu'il chante aussi la nuit, ce qui est très rare.

Elfie rougit instantanément. Elle s'était couverte de ridicule en chantant seule, dans la rue.

- Auriez-vous entendu chanter ma nièce ? demanda Violette.

- J'ai eu ce privilège.

- Chantez pour nous Elfie, demanda l'actrice.

- Non, je ne peux pas, répondit-elle, affolée.

- Oh, si ! Chantez pour nous. Si vous faites l'unanimité, je vous garde ce soir.

- Mais... ici ? Je ne saurais pas. Je n'ai jamais chanté ailleurs qu'à la chapelle du pensionnat.

- À la chapelle, chez les bonnes sœurs ! lança Howard, vexé. Cela promet !

Violette alla s'asseoir et entraîna King à sa suite :

- Nous vous écoutons tous, Elfie.

ÉPISODE 4

May the road...

Elfie se sentit bien seule à l'entrée du salon, devant un auditoire d'une vingtaine de personnes inconnues. La pièce était spacieuse. Pourtant il lui sembla que les murs, aux panneaux travaillés d'entrelacements dorés, se refermaient sur elle. Dans la cheminée au manteau de marbre, un feu du diable crépitait. Toutes les chandelles étaient allumées sur les commodes et les consoles. Si la chaleur convenait aux dames en grands décolletés, Elfie, dans sa robe d'automne en drap de laine faite pour ses promenades au parc avec sa gouvernante, commençait à étouffer.

Elle allait se donner en spectacle devant une assemblée qui ne savait que se divertir à ses dépens depuis son entrée et faire à son sujet les plus mal élevés des messes-basses. *Je ne vais que me ridiculiser,* pensa-t-elle. *Qu'ont donc l'habitude d'écouter ces gens-là ?* Elfie n'en n'avait pas la moindre idée ! Ce n'était sûrement pas les chants religieux qu'elle avait à son répertoire et qui lui procuraient tant de bonheur intérieur quand elle les chantait, sous l'oreille attentive de la sœur qu'elle aimait entre toutes : sœur Fiona, sa professeure d'anglais et de chant. Quant aux chansons populaires qu'elle avait glanées au hasard des rencontres, il lui avait toujours été interdit de les chanter.

Mais sa tante avait annoncé qu'elle la garderait si son chant plaisait. Elfie avait marché des kilomètres pour arriver jusqu'ici, ce n'était que quelques mètres de plus. Si elle échouait, elle n'avait plus qu'à retourner chez elle. Alors, peu lui importerait l'opinion de cette assemblée. Elle n'avait plus rien à perdre. Visualisant intérieurement la chapelle et le regard confiant de sœur Fiona, Elfie prit une grande inspiration et entama une vieille bénédiction irlandaise :

May the road rise up to meet you.
May the wind always be at your back.
May the sun shine warm upon your face,
and rain fall soft upon your fields.
And until we meet again,
May God hold you in the palm of His hand.[1]

La mode, pour les chanteuses, était aux voix aigües. Sa voix grave de contralto dérouta l'auditoire. Le regard d'Elfie se posait le plus souvent sur Angus King qui ne la quittait pas des yeux. Si l'on avait été, dans un premier temps, surpris par la tonalité basse et chaude, presque masculine si ce n'était cette douceur de velours, on tomba rapidement sous le charme du chant d'Elfie. Elle n'avait pas donné toute la mesure de sa puissance ; juste ce qu'il fallait pour la grandeur de ce salon. Elle avait chanté doucement, comme une mère aimante chante une berceuse à un enfant. Pourtant, son chant avait rempli le salon, comme enveloppé les auditeurs d'un tiède et doux édredon de plumes.

Quand la dernière note suspendue au-dessus des têtes finit de vibrer, Elfie sortit de sa rêverie. Dans le salon de Violette Roi, seul le crépitement des bûches brûlant dans la cheminée se faisait entendre. D'interminables secondes, elle attendit un verdict. Mais le silence était épais dans le salon. *J'ai perdu*, pensa-t-elle en mordillant sa lèvre inférieure. Digne, mais le menton tremblant d'émotion, elle annonça :

- Je vous remercie de m'avoir écoutée, madame Roi. Mesdames, messieurs.

Elle s'inclina légèrement, puis fit demi-tour vers la sortie.

Derrière elle, chacun se remettait doucement de l'incroyable émotion que leur avait procuré le chant. Elfie leur avait transmis sa profonde aspiration au bonheur. Son amour s'était diffusé dans le salon, comme une bouteille jetée à la mer avec un naïf et puissant message d'espoir. Dans un impérieux besoin, ils avaient tous attrapé cet amour au vol.

- Violette, dit Angus King. N'aviez-vous pas dit que vous garderiez le rossignol si son chant faisait l'unanimité ?

- Qui dit qu'elle a fait l'unanimité ? lança François-Xavier, grinçant.

Violette Roi, qui avait espéré la reconnaissance de sa famille depuis des années, ne laissa pas un arrogant scarabée dénigrer sa nièce, la seule à être venue vers elle :

- Howard, seriez-vous jaloux de la jeune fille que votre cher King nous a amenée ?

On se retint de rire franchement.

- Aucunement, répondit Howard, vexé. Mesdames, messieurs, je vous laisse à vos récréations puériles.

- Faites donc ! lança l'actrice. King, Je n'ai qu'une parole. Auriez-vous l'obligeance de rattraper cette petite innocente s'il vous plaît ?

Dans l'entrée, François-Xavier Howard attrapa

brusquement sa canne et son manteau des mains de Lisette et partit sans saluer Elfie Montesquiou qui nouait encore le ruban de son chapeau.

- Rossignol, attends ! s'écria Angus King.

Elfie se retourna :

- Je vous en prie, monsieur, demanda-t-elle doucement. Cessez de m'appeler ainsi.

- Impossible ! Retirez votre chapeau et revenez au salon, s'il vous plaît.

- Pourquoi ?

- Votre tante vous y réclame.

- Cela m'étonnerait. J'abandonne, personne ne semble m'apprécier, ici.

- C'est tout le contraire, votre chant les a tous subjugués, moi le premier.

- Je m'en retourne, monsieur.

- N'en faites rien. Vous avez raison, les femmes seraient moins ignorantes, si elles étaient moins ignorées.

- Ce que j'ai tenté n'était que pure folie, monsieur King. J'ai été d'une grande prétention quand j'ai pensé que je pourrais échapper à ma condition.

- Vous avez tort. Vous avez une belle carrière de chanteuse devant vous.

- Je ne veux pas être une chanteuse professionnelle. Ce serait comme être actrice. Oh, pardon ! s'exclama-t-elle rougissante.

- Qu'avez-vous contre les actrices ? demanda King, intrigué, mais pas fâché.

- Rien du tout, je n'en connais pas. Je veux dire, à part ma tante, mais je viens seulement de la rencontrer, pour ainsi dire. C'est que... je ne voudrais pas passer mon temps à vivre les vies de personnages fictifs. Je voudrais être dans la vraie vie.

- Vous n'êtes pas commune.

- Malheureusement, sans doute. Bien, je vous remercie, monsieur. Adieu.

- Pourquoi être venue jusqu'ici, si c'est pour repartir si vite ?

- Je pensais que ma vie n'était pas là où je me trouvais. Mais je ne crois pas qu'elle soit ici, non plus. Et... je... je ne comprends pas qui vous êtes, vous autres. Je ne sais pas comment on doit se comporter dans votre monde.

- Personne ne sait comment on doit se comporter, c'est ça le secret. Y a-t-il un vrai monde ? Une seule référence ? Non. Quel est le vôtre ? C'est à vous de le découvrir. Mais vous savez que ce n'est pas celui d'où vous venez, n'est-ce pas ?

Elle hocha la tête en guise d'assentiment.

- Vous n'avez vu ce soir qu'un minuscule échantillon d'une vingtaine de personne. Vous n'allez pas vous arrêter à ça ? Et si cette société n'était pas non plus la vôtre ? Cherchez encore. La quête est souvent plus intéressante que l'aboutissement.

C'était la plus longue et la plus intime conversation qu'Elfie Montesquiou eût jamais eue avec un adulte jusque-là, qui plus est avec un homme. Elle buvait ses paroles et lui souriait :

- Vous parlez bien, monsieur King. Où avez-vous appris ?

Il rit :

- Si vous voulez apprendre, restez !

Il lui prit familièrement la main et l'entraîna de nouveau vers le salon.

On s'était levés et on s'apprêtait à sortir.

- Vous l'avez enfin ramenée, King ? demanda Violette. Mais nous n'avons plus le temps pour des bavardages, nous partons au théâtre, c'est l'heure.

- Mon petit rossignol nous y accompagne !

- Dans cette robe ? s'exclama Violette. Impossible !

- Vous avez raison, madame, dit la jeune fille. Je vais suivre ma première idée et partir.

King la rattrapa par le coude :

- Nous n'allons pas laisser une demoiselle en quête de liberté, stoppée dans son élan pour un bout de chiffon, ici, en France, berceau des lumières et des libertés individuelles ? insista-t-il, avec grandiloquence. Il y a bien dans l'une de vos garde-robes, mesdames, une jolie toilette pour cette demoiselle ?

- ...

- Ah, Rosette, insista-t-il en fixant une jeune comédienne sensiblement de la même taille qu'Elfie. C'est vous qui allez nous sauver. L'une de vos robes pourrait très bien convenir, pour un soir, à mademoiselle Elfie, qu'en dites-vous ?

- Peut-être, oui..., acquiesça Rosette de mauvaise grâce.

- Monsieur King, supplia Elfie, embarrassée. Laissez madame tranquille.

- Qu'en dites-vous, Rosette ? insista King, sans écouter Elfie. Nous prenons un fiacre tous les trois et nous passons chez vous sur le chemin du théâtre.

- Je le fais pour vous, monsieur King.

- Bien, dit Violette. Nous nous verrons après la représentation, King ?

- Mais madame, chuchota Elfie à sa tante, tournant son regard vers Angus King. Je ne peux pas me rendre en fiacre en compagnie de...

Violette sourit :

- Je pense pouvoir vous garantir que King n'attentera pas à votre pudeur. Mais faites comme bon vous semble. Si je ne pars pas maintenant, je vais être en retard.

Dans le fiacre, Rosette babilla sans cesse, faisant mille manières et compliments pour être agréable à Angus King. Elfie resta silencieuse. Tout cela allait trop loin. Mais que s'était-elle imaginé au juste ? Une petite vie tranquille, bien à l'abri auprès de cette tante qu'elle ne connaissait pas une heure plus tôt ? Et puis après, quoi ? Mais d'un autre côté, n'était-ce pas la vie passionnante qu'elle avait toujours souhaitée vivre qui commençait enfin ?

ÉPISODE 5

Le théâtre

L'appartement de Rosette, jeune actrice débutante, n'avait que trois pièces. Encore le partageait-elle avec une autre fille qui, elle, gagnait plus d'argent par des moyens plus rentables mais moins avouables. Jamais Elfie n'était entrée dans un appartement aussi minuscule. Elle se demanda si c'était ce genre de logement qu'avait occupé sa tante lorsqu'elle avait quitté sa famille. Ce logement n'avait, contrairement à chez elle, aucun meuble inutile, seulement le strict nécessaire : table, chaises, lit, le tout moins robuste et d'une plus grossière facture que les lits du dortoir et les tables du réfectoire de la pension.

Rosette avait fait de son mieux pour habiller Elfie. La comédienne, qui s'accommodait des robes qu'on voulait bien lui céder, n'avait pas son pareil pour ajuster à sa taille, jupes trop grandes ou trop longues, corsages trop larges ou trop étroits. Elle avait miraculeusement réussi à camoufler la taille trop lâche de la ceinture de la jupe et avait serré le corsage au maximum. La jupe était un peu courte, mais Elfie ne pouvait pas être trop difficile. La toilette n'était pas faite de la plus belle étoffe, mais elle était d'un joli vert tendre, en mousseline vaporeuse. Si l'on n'était pas trop regardant ou très peu connaisseur, elle pouvait faire son petit effet. Le corsage découvrait entièrement les épaules et le décolleté en était bien plus profond que celui de l'unique robe de soirée qu'Elfie avait portée, il y avait deux semaines de cela, lors de la visite que ses parents et elle avaient rendue aux d'Orvigny. Elle tressaillit en y repensant...

... Deux semaines plus tôt, les Ducroisy Montesquiou s'étaient rendus à Paris, chez les d'Orvigny. C'était une première visite officielle entre les deux familles. L'hôtel, rue de Castiglione, était largement plus cossu que leur propriété de Clamart. Elfie s'était vue attribuer un appartement pour elle seule. Habillée de la première robe de soirée qu'elle eût jamais portée, Elfie sortit dans le couloir pour descendre vers le salon. M. d'Orvigny père, son futur beau-père, atteignait sa porte au même instant :

- Vous êtes tout à fait charmante dans cette robe, dit-il d'un air gourmand.

- Merci monsieur d'Orvigny, répondit Elfie en baissant les yeux devant cet homme qui la mettait mal à l'aise, et pour cause.

D'une main, d'Orvigny la prit par la taille, de l'autre, il emprisonna ses joues. D'office, il appliqua un baiser sur ses lèvres :

- Un petit baiser d'un futur père à sa fille, annonça-t-il, content de lui.

Elfie savait peu de chose, mais ce baiser-là n'était pas celui d'un père. D'Orvigny la maintenait plaquée contre son torse et elle ne savait pas quoi faire.

- Ce soir, murmura-t-il à son oreille avec un regard concupiscent, j'arrange au plus tôt avec votre père ce mariage avec mon fils. Je suis sûr que nous nous entendrons très bien, vous et moi, quand vous viendrez vivre sous mon toit.

Elle frissonna, dégoûtée. Il lui lâcha le menton et enserra son joli bras nu entre le haut du gant et la petite manche. Puis il l'entraîna, bien serrée contre lui :

- Vous tremblez, mignonne. Venez, nous nous réchaufferons près du feu au salon. Vous n'aurez pas froid, cet hiver, chez moi, je saurai vous tenir bien au chaud.

Elfie n'osa pas appeler sa mère ou sa femme de chambre à son secours. Les sœurs de la pension avaient bien raison, c'était ce genre de tenues indécentes qui rendaient les hommes fous. Combien de fois, au pensionnat, Elfie et ses camarades avaient rêvé du jour où elles n'auraient plus à porter d'uniformes de pensionnaires ! Ce jour était enfin arrivé, et Elfie se désespérait de ce décolleté trop profond au creux duquel plongeait le regard poisseux de M. d'Orvigny. Combien elle regrettait son uniforme ! En haut des marches, apparut sa future belle-mère qui la toisa, elle, d'un regard sévère. D'Orvigny la lâcha enfin, mais sans gêne aucune.

Tout au long de la soirée, Elfie, du regard, tenta en vain d'appeler au secours sa mère, puis son père, mais ils lui faisaient bien comprendre de se montrer sous son meilleur jour. Le lendemain matin, elle essaya de parler à sa mère mais n'y arriva pas.

M. d'Orvigny père réussit encore par trois fois à la prendre dans ses bras bien qu'Elfie prît soin de l'éviter. Plus le week-end avançait, plus l'humeur d'Elfie s'altérait et plus ses parents la rappelaient à l'ordre...

Se regardant dans la psyché, dans la minuscule chambre de Rosette, Elfie en était là de ses pensées, quand elle se rendit compte que la robe prêtée par la jeune comédienne risquait encore une fois d'entraîner des comportements déplacés et qu'elle se trouvait seule aux mains de ce M. King. Même s'il lui inspirait confiance, elle ne le connaissait pas une heure plus tôt. Elle essaya, à grand peine, de remonter le corsage sur sa jeune poitrine, quand Rosette entra.

- Ah, vous voici prête ! Mais, que faites-vous ?

- Je ne peux pas porter cette robe, mademoiselle

Rosette. Elle est trop... trop...

Elfie tirait sur le corsage dans un geste vain pour le remonter. Mais Rosette attrapa sa main :

- Cessez, vous allez abîmer ma robe ! Allons, venez, ne faisons pas attendre monsieur King.

- Non, veuillez m'excuser, mais je ne peux pas...

Rosette fit volte-face :

- Mademoiselle Montesquieu, c'est bien ça ?

- Ducroisy Montesquiou, répondit Elfie, machinalement.

- Je me moque de votre nom et de vos états d'âme ! Je ne vous prête cette robe que parce que King me l'a demandé. Je compte bien être l'actrice principale de sa prochaine pièce et je tiens à ce qu'il se souvienne de mon geste envers vous, qui que vous soyez et quelle que soit la raison qu'il a de vous garder auprès de lui !

Les deux jeunes filles se trouvaient maintenant dans l'étroit couloir dont la couleur indéfinissable avait une odeur à l'avenant. *Combien de locataires se sont succédés dans cet appartement sans qu'aucune peinture n'ait été refaite ?* pensa Elfie qui demanda :

- Monsieur King est écrivain ?

- Mais sortez-vous donc directement de votre pensionnat de jeunes filles, marquise ? demanda Rosette d'un air excédé. Angus King est un écrivain anglais, non irlandais, je crois. Quelle différence cela peut-il bien faire ? Ses pièces sont jouées à Paris, Londres, aux Amériques, aussi. Quand on a joué une fois dans une de ses pièces, on est assuré de faire carrière. Mais ne vous avisez surtout pas de me passer devant, ou vous pourriez amèrement le regretter !

Elfie n'eut pas le temps de dire à Rosette qu'elle n'avait nullement l'intention de devenir actrice. Dans la petite pièce qui faisait office d'entrée, de salon et de salle à manger, King les attendait :

- Eh bien, voilà qui fera parfaitement l'affaire pour ce soir ! annonça-t-il, en examinant succinctement Elfie.

- Oui, j'ai pensé que cette couleur siérait à ses cheveux roux, dit Rosette, sans cacher un air de dégoût.

Elfie voulut lui faire remarquer que ses cheveux n'étaient pas roux, mais châtains, et qu'elle se moquait bien de leur couleur, mais Rosette continuait :

- Ne trouvez-vous pas, monsieur King, que ses drôles d'yeux ressortent d'admirable façon ? On les croirait presque verts, ce soir.

Rosette, tout en dénigrant insidieusement le physique d'Elfie, parlait d'elle comme si elle était sa meilleure et très chère amie. Elfie, étonnée, regardait Rosette dont l'attitude avait changé du tout au tout en une fraction de seconde. *À coup sûr, elle fera une bonne actrice !* pensa-t-elle. King, lui, semblait ne pas l'écouter. Il prit le bras d'Elfie sous le sien et ne le lâcha plus de la soirée. Mais, hormis cela, il garda ses distances.

La pièce de théâtre était d'une drôlerie irrésistible. Violette Roi, étourdissante, y brillait. Les quiproquos et les amoureux se croisaient et s'entrechoquaient dans un ballet trépident et sans fin. Elfie ne put s'empêcher de rire à gorge déployée. Le rideau tombé, King l'entraîna vers les loges.

- Mademoiselle Rosette m'a dit que c'est vous qui aviez écrit cette pièce, monsieur King ?

- C'est vrai, petit rossignol. Cela vous a plu ?

- Vous plaisantez ? Je me suis régalée ! Je n'avais jamais tant ri. D'un autre côté...

- Oui ?

- Dans le fond, c'était aussi très triste.

- Vous trouvez ?

- Oui, monsieur. On rit de vos personnages qui se retrouvent dans des situations comiques, mais elles ne sont dues qu'au peu de liberté que leur offre la société dans laquelle ils vivent.

King la regard, visiblement ému :

- Vous avez entièrement raison. Cette pièce n'aurait pas pu être écrite dans un autre contexte.

- En même temps, rirait-on autant, si la vie était plus... gentille ?

Il donna une légère pression sur le bras d'Elfie et lui sourit :

- Vaste sujet.

- Combien de pièces avez-vous écrites, monsieur ?

- Une bonne vingtaine.

- C'est extraordinaire ! Serait-il possible que je les lise ? Veuillez m'excuser, se reprit-elle.

- Ne vous excusez pas. Lisez tout ce qui vous plaira.

- Je le ferais bien, si c'était possible. Mais de toute façon je ne saurais même pas quoi lire.

- Qu'est-ce qui vous plaît le plus ?

- La poésie, peut-être, répondit-elle, hésitante. Et aussi, j'aimerais bien lire des romans...

Elle s'interrompit.

- De quel genre ?

Elfie rougit, Angus sourit :

- D'amour ?

On faisait la queue devant la loge de Violette Roi. Mais à l'arrivée d'Angus King, qui dépassait la foule d'une bonne demi-tête, on s'écarta pour le laisser passer. Dans les loges aux portes ouvertes, se changeaient les comédiennes, à la vue de messieurs en habits, qui se rinçaient l'œil avec force compliments et manières. Riant et minaudant, les jeunes femmes recevaient avec une pudeur feinte, billets doux, bouquets de fleurs ou écrins de bijoux.

King frappa à la porte de la loge de Violette. Une femme de chambre vint leur ouvrir, et retourna derrière un paravent en bois verni et ajouré derrière lequel l'actrice retirait son costume de scène. Déjà présent, un homme en habit, haut de forme à la main, vint à eux.

- Mon cher King, comment allez-vous ?

- Bien. Merci, Lenoir.

- Mais vous voici étonnamment accompagné ce soir ?

- Je vous présente mademoiselle Elfie Montesquiou. Elfie, Lenoir-Coty.

- Enchanté, mademoiselle.

- Monsieur, murmura Elfie, timidement.

Derrière le paravent, la voix de Violette se fit entendre :

- Vous êtes encore là, Elfie ?

- Oui, madame !

Violette sortit. Elle n'était vêtue que de ses chemise, pantalon et corset ; sa femme de chambre la suivait, un jupon sur le bras. Gênée, Elfie baissa les yeux, mais elle fut bien la seule.

- Regardez-moi en face et dites-moi comment vous m'avez trouvée.

- Merveilleuse, madame ! On aurait pu croire que c'était là un morceau de votre vraie vie ! Je vous ai beaucoup applaudie, bien fort, l'avez-vous entendu ?

Violette riait, ainsi que les deux hommes :

- Non, mais je vous en remercie. Félix, où m'emmenez-vous souper ce soir ?

- Dans un nouveau restaurant qui est paraît-il assez sympathique. Vous êtes mon invité King, bien entendu. Ma chère Violette ne doit son triomphe qu'à votre texte si finement ciselé.

- Merci ! s'exclama l'actrice.

- Que cette femme est susceptible ! lâcha Félix Lenoir-Coty. Vous ne venez pas sans votre adorable compagne, n'est-ce pas, King ?

Violette ne laissa pas à King le temps de répondre :

- La petite doit maintenant rentrer chez elle, mon ami. Sa récréation est terminée !

ÉPISODE 6

La crème du lait

Sa récréation est terminée ! Elfie, affolée, en resta muette, mais Angus King affirma :

- Nous n'allons pas renvoyer la demoiselle sans qu'elle se soit restaurée.

Elfie commençait à bien aimer cet homme qui lui parlait d'égal à égale. Avec lui, elle se sentait pas intéressante. Seule sœur Fiona lui avait parlé ainsi jusqu'à présent. Cela lui donna un peu confiance :

- Ma tante, n'aviez-vous pas dit que vous me garderiez chez vous ?

Félix Lenoir-Coty parut étonné.

- Non, Elfie, dit Violette. Je vous ai dit que vous pourriez rester avec nous pour la soirée, rien de plus.

- Mon petit rossignol, si cela vous agrée, vous êtes mon invitée.

- King, dit Violette, vous ne semblez pas bien comprend...

Lenoir-Coty l'interrompit :

- Nous souperons donc en votre compagnie, mademoiselle !

Je serai donc renvoyée après le souper, pensa Elfie. *Peut-être ferais-je mieux de rentrer maintenant ? D'un autre côté, une heure de plus ne changera rien à l'inévitable courroux de père...*

King ne lui laissa pas le temps de tergiverser. Il prit sa main, la glissa sous son bras et l'emporta hors de la loge :

- Au restaurant !

- King, soyez raisonnable ! insista Violette.

- Une des deux choses que je ne peux pas être !

Dans le fiacre, Elfie était plus que préoccupée, ce qui n'empêcha pas Angus King de lui demander :

- Tout à l'heure, chez Violette, pourquoi avez-vous choisi de chanter cette bénédiction irlandaise ?

- Parce que je l'aime beaucoup. Sa mélodie et ses paroles m'avaient touchée dès la première écoute. Comme si elle m'était familière. C'est idiot ! Et puis, je trouve que vous avez le même accent que sœur Fiona.

- Sœur Fiona ?

- Ma professeure d'anglais et de chant, à la pension. Je l'aimais beaucoup, elle me manque. C'est elle qui m'a appris à chanter. Elle me trouvait quelque talent et m'avait promue soliste dans notre petite chorale. Cela me donnait de menus privilèges, comme celui de ne pas assister à la leçon de morale d'après le déjeuner. À entendre votre accent, monsieur King, j'ai cru que vous étiez peut-être Irlandais vous aussi, et je me suis dit que si vous connaissiez ce chant, vous auriez sans doute plaisir à l'entendre.

- Vous avez une sacrée oreille ! Oui, je suis Irlandais et je connais ce chant. Mais je l'ai découvert sous un autre jour avec vous, rossignol. L'église n'a jamais été mon lieu préféré étant jeune et aujourd'hui encore moins.

- Oh, personnellement, j'aimais la chapelle parce que j'y chantais !

King sourit. Elfie retomba dans ses préoccupations.

- C'est aller au restaurant qui vous inquiète, rossignol ?

Elfie trouvait ce surnom ridicule, pourtant, elle aimait bien que King l'appelle *son rossignol*. Elle pensa qu'avoir un surnom différenciait une personne selon ce qu'elle était, contrairement au prénom, partagé avec tant d'autres. Elfie n'était plus une jeune fille à marier parmi d'autres, elle était le rossignol de M. King, écrivain reconnu, première personne à lui avoir donné un surnom. Ce devait être le signe qu'il avait vu en elle une chose que les autres n'avaient pas encore vu. Sa voix grave, presque masculine avait toujours été considérée comme un défaut, pourtant, King l'aimait, lui. Peut-être n'était-ce pas un défaut, après tout ? Alors, peut-être tout ce qu'elle avait pris comme vérité jusqu'à présent, ne l'était pas ? Ce ridicule surnom lui ouvrait de nouvelles perspectives.

- Je ne suis jamais allée dans un restaurant, annonça-t-elle. Je ne savais pas que les femmes avaient le droit d'aller au restaurant. Mais, non, ce n'est pas ce qui m'inquiète. Ce sera certainement meilleur qu'à la pension !

Elle sourit. King demanda :

- C'est pourquoi vous êtes si menue ? Le régime de la pension ?

Personne ne parlait de son corps ou du corps des autres chez elle. La remarque de King lui mit le rouge aux joues. Pourtant, elle était sûre qu'il avait posé sa question sans aucune arrière-pensée :

- C'est fort possible ! s'enhardit-elle. La mère supérieure professait que le chauffage était une habitude malsaine et que la jeunesse devait avoir en elle assez de chaleur pour suppléer à celle du feu. Elle appliquait la même rigueur en ce qui concernait la nourriture : elle estimait que la sobriété était la santé et qu'il fallait sortir de table en ayant faim. Elle appuyait ses affirmations en citant un soi-disant grec ancien ! s'exclama Elfie, en riant. Il découlait de ce principe que nous dormions avec nos bas et nos liseuses en laine tricotée et que le lait du petit-déjeuner était coupé de moitié d'eau. Il en était de même pour la soucoupe de confiture à laquelle nous avions droit pour nos deux tranches de pain !

- Personne ne pourrait tenir le coup dans cet enfer frugal, comment avez-vous fait ?

Elfie rougit et baissa la tête. Il reprit :

- Ne cessez pas les confidences au moment où cela devient intéressant !

- Vous ne le répèterez à personne, vous promettez monsieur King ?

- À qui donc pourrais-je le dire ?

- Chaque soir, les sœurs versaient dans un grand chaudron, au-dessus de la cheminée éteinte, le lait pour le lendemain matin. Une deuxième marmite contenait l'eau qui couperait le lait.

- Et... ?

- La soupe du soir n'était pas très épaisse. Aussi, vers trois heures du matin, dans le dortoir, mes camarades et moi étions réveillées par la faim. Nous nous levions, enfilions nos bas de laine pour ne pas faire de bruit et, passant précautionneusement devant la cellule de la sœur surveillante qui ronflait, nous descendions à pas de loup à la cuisine. Là, nous prenions la grosse louche suspendue au linteau de la cheminée et nous prélevions délicatement la crème riche et onctueuse qui s'était formée à la surface du chaudron tiédi par les braises de la veille. Quand nous étions d'humeur plus hardie, nous y ajoutions un peu de miel chipé dans le garde-manger. Avez-vous déjà gouté de la crème avec du miel, monsieur King ? Il n'y a rien de meilleur ! Enfin, rien que j'aie encore connu. Mais je vous ennuie sûrement avec mes petites histoires de pension, veuillez m'excuser.

Le fiacre les déposa devant le restaurant.

King s'installa en face d'Elfie à la grande table

réservée par Lenoir-Coty, où d'autres convives viendraient sous peu les rejoindre.

- Vous ne m'ennuyez pas. Vous devriez consigner vos souvenirs. Ainsi, un jour, vous auriez matière à écrire vos mémoires.

- Ne plaisantez pas à mes dépens, monsieur, je sais bien que je n'ai encore rien vécu.

Elfie étudia les clients : en majorité des hommes. Les femmes qui les accompagnaient étaient d'un tout autre genre que sa mère. Leurs lèvres étaient rouges, leurs corsages très décolletés et leurs manières très libres. Il y avait donc bien un autre monde. Bien qu'elle n'en eût pas les clés, Elfie sentait que ce monde-là n'était pas encore celui qu'elle cherchait.

- Qui cela pourrait-il bien intéresser, mes souvenirs de pension, monsieur King ? Sœur Fiona me préférait entre toutes, mais peut-être était-ce ce que je me disais pour me réconforter ? Je pourrais disparaître aujourd'hui, il ne resterait aucune trace de mon passage sur terre.

Une ombre passa sur son front, elle ajouta :

- Mais ce n'est pas ce qui me peine pour le moment.

- Qu'est-ce donc alors ? demanda Angus King, ému de sentir tant de tristesse dans un être si jeune.

Elle tenta d'analyser le grave sujet de sa propre vie avec du recul, sans prétention, pleurnicherie ou apitoiement. Elle cherchait seulement le moyen d'échapper à un destin qu'on avait tracé pour elle, sans la consulter.

- Quand j'étais petite, monsieur King, je voulais m'évader de ce que j'appelais *la maison surveillée*. Je pensais qu'une force supérieure m'avait placée dans ma famille, dans ma maison, dans l'unique but d'étudier mon comportement et mes réactions. Je sais bien que cette idée n'a ni queue ni tête, mais je ne me suis encore jamais sentie à ma place. J'imaginais que la maison de mes parents était comme une maison de poupée dont le toit ouvert permettait à un géant de m'observer. Il n'y avait que cela qui pouvait expliquer pourquoi je me trouvais là et donner un sens à tout ce que je faisais. J'étais le sujet d'étude d'un géant intelligent qui appliquait son gros œil sur ma minuscule fenêtre. Un soir d'hiver, continua Elfie, j'avais même tenté de me démarquer de mes semblables, de déjouer le destin ! Au lieu de m'habiller pour la nuit, je m'étais chaudement couverte et j'avais ouvert la fenêtre alors qu'il neigeait. Je ne sais pas... j'avais dû espérer être remarquée par le géant qui m'aurait tirée de ma maison d'étude pour aller enfin vivre ma vraie vie... Mais rien ne s'est jamais passé.

- Et aujourd'hui, Elfie, vous avez décidé d'être le géant ! s'écria King, attentif. Quelle drôle d'idée, tout de même, ce géant !

- C'était une idée réconfortante : elle expliquait ma vie à laquelle je ne trouvais ni sens ni intérêt. D'autres appellent le géant, *Dieu...*, ajouta Elfie, pensant à sœur Fiona.

- J'aime mieux votre géant. Plus humain, moins infini. Conclusion ?

- Monsieur King, vous poussez toujours plus loin ! Je ne sais pas quoi vous dire. En apparence, ma vie était belle et lisse, mais à y regarder de plus près, il y

manquait l'âme, l'amour, le sens...
- ... les sens.

ÉPISODE 7

Le jeu des sept mots

Jusque-là, Angus King avait écouté Elfie comme

personne auparavant. Même si ce n'était que pour une soirée, cela la comblait de bonheur. Elle comptait en profiter :

- Ce qui me peine, monsieur King, dit-elle, en essayant d'habituer son œil à l'étrange et nouvelle société que composaient les clients du restaurant. Ce qui me peine, c'est qu'il me semble que je n'aurai jamais l'occasion d'apprendre ou d'expérimenter quoi que soit...

- Cela a tant d'importance pour vous, Elfie ?

- Pourquoi cela n'en aurait-il pas ?

- Quel genre de choses voudriez-vous savoir ?

- Quel genre de choses peut-on apprendre ? Je sens en moi tant d'émotions sur lesquelles je ne peux pas mettre ne serait-ce qu'un nom.

- Vous êtes une grande ignorante et une grande sage.

- Ce n'est pas bien brillant.

- Au contraire ! Ce serait un grand défi de voir ce que vous pourriez donner si vous aviez accès à un peu de savoir.

- Quel est le sujet d'une conversation qui vous enferme tous les deux dans une tour d'ivoire ? demanda Violette qui arrivait, accompagnée de Félix Lenoir-Coty et suivie d'une petite cour d'actrices, de messieurs en habits et d'un ou deux acteurs.

- Violette, vous ne pourriez même pas soupçonner le sujet de notre échange, dit King, qui lança à Elfie un regard complice qu'elle lui renvoya, toute fière.

L'imbuvable François-Xavier Howard n'avait pas

reparu. Autour de la table, la conversation fut animée et très gaie. Elfie, invitée du regard par King à participer à la conversation, mais plutôt dépassée et ignorante des sujets abordés, ne prit que peu de part, mais toujours fort à propos, aux répliques mordantes ou amusantes qui fusaient de toute part.

- Si nous jouions au jeu des sept mots ? lança Violette Roi, à la fin du repas, alors que, hommes comme femmes, tous, hormis Elfie et Angus semblaient déjà bien grisés.

Elfie n'avait bu que de l'eau. King avait bu autant voire plus que les autres convives, mais il avait une corpulence ou une constitution qui lui permettait de supporter une impressionnante quantité de nourriture et de vin sans qu'il en soit marqué en aucune façon.

- Qu'est-ce que le jeu des sept mots ? demanda Elfie.

- Vous ne connaissez pas ? demanda Violette. Alors, c'est vous qui sortez !

Elfie écarquilla les yeux, bouleversée.

- Un convive propose sept mots, l'éclaira King. Un joueur de la table doit répondre du tac au tac le premier mot qui lui vient à l'esprit à chacun des sept mots proposés. Puis, vous revenez et devez en faire autant. Si vous avez au moins quatre mots en commun avec le joueur, il gagne. Sinon, il a un gage.

- C'est un drôle de jeu, complètement aléatoire !

- C'est comme dans la vie, jeune fille, dit Lenoir-Coty. On ne sait jamais sur quoi on va tomber !

- Félix, minauda Violette, soyez notre premier joueur, s'il vous plaît !

- Je gagnerai à coup sûr ! Ce sera un jeu d'enfant pour moi de tricher et deviner ce que la petite répondrait. Non, non ! Prenez quelqu'un d'autre.

- Vous ne relevez pas le défi, Lenoir ? demanda Angus. Cela ne vous ressemble pas.

- Puisque vous le prenez ainsi, King, je relève le gant. Petite, éloignez-vous ! Je suis prêt.

King se leva de table pour tirer la chaise d'Elfie :

- Dois-je sortir ? demanda-t-elle.

- Non, il fait trop froid ! Allez vers la porte des cuisines, vous serez assez loin et il y aura assez de bruit pour que vous n'entendiez pas les réponses de Lenoir.

- Très bien.

Excités, les convives se concertèrent :

- Quels mots choisissons-nous ?

- Puis-je les choisir ? demanda Angus King.

- Je vous en prie, dit Lenoir-Coty.

- Bien, commençons : Lecture ?

- Bible ! répondit Félix.

- Musique ? demanda Angus.

- Cantique !

- Force ?

- Père ! s'écria Félix, jetant à la ronde un regard supérieur. C'est toujours l'image du père qui représente la force et l'autorité pour une jeune fille.

- Douceur ?

- Mère !

- Bonheur ?

- Amour ! Les jeunes filles en rêvent toutes ! Trop facile, mon cher King, corsez un peu vos mots.

- Prison ?

- Pensionnat ! Angus ! La petite répondra exactement la même chose ! Moi qui voulais tant recevoir un gage de ma Violette, dit Lenoir-Coty, faisant un clin-d'œil à sa maîtresse.

- Vie ?

- Mariage ! En fin de compte, c'est ce à quoi elles aspirent toutes ! Allons, rappelons la petite rapidement afin que je savoure ma victoire, annonça Félix.

King se leva et fit signe à Elfie de revenir s'asseoir.

- Prête, rossignol ? demanda-t-il. Donc, je vous dis un mot, et vous nous dites le premier mot qui vous vient à l'esprit. Bien, nous commençons : lecture ?

- Boulangerie ! répondit Elfie.

- Musique ? demanda Angus.

- Forêt !

- Force ?

- Océan ! affirma la jeune fille.

- Douceur ?

- Irlande !

- Bonheur ?

- Livres !

Elfie souriait, concentrée sur King en face d'elle.

- Prison ?

- Jeune fille !

- Vie ?

- Amour ! lança-t-elle, surprise par sa propre audace.

Angus la regarda étrangement. Le silence s'était imposé autour de la table. Lenoir-Coty lui lança un œil mauvais. Elfie scruta les convives muets autour d'elle et commença à s'inquiéter :

- Je suis désolée, monsieur, dit-elle à l'adresse de Lenoir-Coty qui se mit à rire, d'un rire forcé :

- Ah, ah ! Vous avez manigancé cette petite plaisanterie avant notre arrivée, Angus ?

- Pas du tout.

- Combien de bonnes réponses ai-je donné ? demanda Elfie, timidement.

- Il n'y a pas de bonnes ou de mauvaises réponses, dit King. Mais aucune des vôtres ne correspond à celles de Félix.

- Je vous prie de m'excuser, monsieur Lenoir-Coty.

- Vous n'avez pas à le faire, dit-il pour ne pas perdre la face après avoir tant fanfaronné. Ce fut un plaisir de jouer avec vous, petite demoiselle. J'aurais ainsi le bonheur de subir, cette nuit, le gage que Violette voudra bien inventer pour moi !

À la fin du souper, Lenoir-Coty, debout derrière Violette, se pencha, passa ses deux mains autour de son cou nu et les descendit sur sa gorge. Elfie rougit et détourna les yeux.

- Rentrons ma chère, murmura Lenoir-Coty à l'oreille de Violette.

Violette leva les yeux vers lui :

- Vous me donnez quelques instants, je vous prie, mon ami, le temps que je renvoie la petite chez elle ?

ÉPISODE 8

Les martyres bleues

Brutalement ramenée à la réalité, Elfie, leva un regard perdu vers sa tante. Violette se leva et lui demanda de la suivre. Il ne restait que peu de tables occupées dans le restaurant .

Violette s'arrêta devant la porte ouverte menant aux cuisines. Elfie vit deux femmes penchées sur deux grands bacs de plonge fumants. Elles n'auraient pas fini leur travail avant longtemps à en juger par les piles de vaisselles et casseroles sales qui jonchaient le sol. De leurs bonnets de coton gris et sales sortaient des cheveux filasses, graissés par les vapeurs moites et puantes, qui tombaient sur leurs visages fatigués et résignés. Leurs bras, chemises et tabliers étaient souillés par l'eau visqueuse et crasseuse qui les éclaboussait sans aucune compassion. La transpiration coulait dans leurs cous jusque sur leurs chemises collées à leurs corps maigres et fatigués avant l'âge.

Si demain Elfie désirait travailler, elle pourrait être embauchée dans la minute. On avait toujours besoin de bras. Son cœur se serra à cette idée. Jamais elle n'aurait la volonté d'aller jusque-là pour échapper au mariage. Elle se méprisa pour son manque de courage et prit peur.

- Ne me regardez pas avec vos yeux d'oiseau effarouché, dit Violette Roi. Il est l'heure pour vous de rentrer chez votre père.

- Madame, je comprends que vous ne vouliez pas de moi, mais...

- Non, vous ne comprenez pas.

- Je ne prendrai pas beaucoup de place, je ne vous dérangerai pas !

- Je ne peux pas vous garder.

- Mais pourquoi ? C'est si grand et si beau, chez vous.

- Et qu'y feriez-vous chez moi ?

- ... ? Je travaillerai pour vous, si c'est ce que vous voulez, en attendant de trouver une autre solution.

Violette était calme, on ne sentait chez elle aucune animosité envers Elfie, c'est pourquoi Elfie ne comprenait pas son refus de la garder.

- On n'attend pas les solutions, dit Violette. On les crée. Que savez-vous faire ?

- ... Je... Pourquoi ne me laisseriez-vous pas tenter ma chance de vivre libre, tout comme vous, ma tante ?

- Croyez-vous que je le sois ? Et que croyez-vous qu'est la liberté ?

- Je ne sais pas, mais ce n'est pas en rentrant chez mon père que je l'apprendrai.

- Qu'êtes-vous prête à faire, à sacrifier, pour obtenir cette liberté ?

En un éclair, Elfie revit les images bleu myosotis données par sœur Jeanne d'Arc à la chapelle de la pension, quand elle et ses camarades allaient s'y réfugier les jours de pluie. La sœur faisait partie de l'ordre de la Sainte Famille et quand son couvent avait fermé, la laissant sans ressources, elle s'était retrouvée au pensionnat des Dominicaines d'Elfie. La mère supérieure avait estimé qu'elle faisait déjà preuve d'une grande charité en recueillant la très vieille sœur, c'était pourquoi elle ne lui avait pas demandé de porter la robe noire et blanche. C'était surtout une économie de plus de laisser sœur Jeanne d'Arc porter ses deux uniques robes bleues de la Sainte Famille.

Sœur Jeanne d'Arc était très vieille, aussi petite, menue et ridée que les petites pommes reinettes qu'on laissait pourrir à l'automne au pied du pommier qui dépassait du mur d'enceinte. Sœur Jeanne d'Arc, aux yeux bleus voilés qui étaient la bonté même, était, pour Elfie, un tendre souvenir bleu myosotis : la lumière de la chapelle éclairée par le ciel pluvieux, les images des saintes, la robe de la sœur, ses yeux, tout n'était qu'un nuancier de bleus délavés.

Sœur jeanne d'Arc connaissait l'histoire de chaque martyre chrétienne depuis l'antiquité romaine. La nuit, dans le grand dortoir, les sacrifices au nom de leur foi des saintes Foy, Catherine, Alberte ou Blandine, accompagnées des images pieuses que la sœur distribuait avec parcimonie aux élèves, hantaient Elfie. Les images bleutées devenaient réalité. Dans ses cauchemars défilaient une femme aux seins arrachés par les tenailles de quelque soldat romain, une autre emprisonnée dans un filet et jetée dans l'arène où un taureau furieux la lançait dans les airs du bout de ses cornes pointues et une autre encore, les membres déchiquetés par la gueule baveuse d'un fauve aux canines acérées, seule créature chétive au milieu d'une arène sur les gradins de laquelle hurlaient des romains aux vies dissipées, adorateurs de nombreux dieux.

C'étaient tous les sacrifices qu'Elfie connaissait. Jamais elle ne s'était sentie l'âme assez forte pour en supporter ne serait-ce qu'une infime partie. Quel sacrifice pouvait-on exiger d'elle pour qu'elle puisse se libérer de M. d'Orvigny, son futur beau-père ?

- Un sacrifice ? demanda pitoyablement Elfie. Je ne comprends pas votre question.

- C'est bien là le problème, dit Violette. Ecoutez, quand je suis partie de chez moi, je savais déjà ce que cela impliquerait de vivre seule, sans la protection d'une famille.

- Mais vous y êtes arrivée, ma tante. Votre travail vous rapporte assez pour vivre dans un magnifique endroit.

- Vous n'avez aucune idée de rien. Que croyez-vous donc que me rapporte mon travail ? Largement pas assez, je peux vous le garantir, pour entretenir ce bel appartement.

Elfie écarquillait les yeux, étonnée :

- Mais alors, comment faites-vous ?

Violette sourit :

- Innocente enfant, vous n'avez rien deviné ! Allons, rentrez chez vous.

- Mais vous savez ce qui m'attend chez moi ! Ce mariage...

- Oui. Mais je crois que ce sera mieux pour vous que ce monde ci. Vous n'êtes pas sotte, peut-être vos débuts ne seront-ils pas très... agréables, mais vous avez de la ressource. Si vous savez bien vous y prendre, vous serez à même de mener une existence... supportable. Vous avez confessé vous-même que le mari que l'on vous a présenté était acceptable.

- Oui, mais...

- Cela suffit, maintenant ! la coupa Violette. Je ne peux pas vous prendre en charge et je ne veux plus rien entendre ! Je ne peux pas me permettre de faire attendre Félix plus longtemps. Rentrez chez vous, maintenant !

- S'il vous plaît, non !

- Elfie, reprit Violette, plus calmement. Vous êtes venue à pied jusqu'à Paris parce que vous n'avez pas osé prendre le train seule parce que vous ne l'avez jamais pris ou parce que vous n'aviez pas d'argent pour un fiacre, n'est-ce pas ?

- Eh bien, mais... on ne m'en donne pas et qu'on m'aurait empêchée de partir, si j'en avais demandé.

- C'est ce que je tente de vous faire comprendre, Elfie. Cet argent dont vous aviez besoin, vous auriez dû le prendre.

- Vous voulez dire, chuchota Elfie, le voler ?

- Bien sûr !

- Mais ce n'est pas bien !

- Voler un pauvre, un enfant, ce n'est pas bien. Mais prendre à votre père à qui cela ne manquera pas les quelques pièces de votre liberté, c'est la première chose à laquelle vous auriez dû penser, si vous étiez réellement prête à vous battre pour cette liberté. Vous comprenez ?

- Je crois, oui. Je suivrai vos conseils, ma tante.

- Non. Et puis, ce ne sont pas des conseils ! Vous n'y arriverez pas. Vous avez trop de conscience et vous faites trop confiance.

Violette regarda derrière l'épaule d'Elfie :

- King, vous tombez bien ! Puisque vous semblez

avoir plaisir à vous occuper de ma nièce, auriez-vous l'obligeance de la mettre dans un fiacre pour Clamart, s'il vous plaît ?

- Je me charge de votre nièce, Violette.

- Je vous remercie, King. Je vous revaudrai cette soirée.

- Ce n'est rien.

- Adieu, Elfie, dit Violette, lui prenant la main. Je vous souhaite bonne chance, sincèrement.

Elfie se tenait d'une main au dossier d'une chaise. Elle n'entendit pas les dernières paroles de Violette. Elle ne pensait qu'à son retour chez elle, au fait qu'elle avait fait tout cela pour rien. Pire, elle avait sérieusement aggravé sa situation. Après sa fugue, sa vie deviendrait un enfer chez elle. Tout se brouilla autour d'elle et en elle.

King posa la cape prêtée par Rosette sur les épaules d'Elfie et l'emporta dehors. Le froid humide de cette nuit d'automne la réveilla. King héla un fiacre.

- Clamart ! annonça-t-il.

- Vous êtes sûr monsieur ? Ça sera long, dit le cocher.

- Nous ne sommes pas pressés.

Ils montèrent.

- Ne vous sentez pas obligé de me raccompagner jusqu'à Clamart, monsieur King. Mon père paiera la course à mon arrivée. Faites vous déposer où vous voulez.

- Il y a peut-être une autre solution, rossignol.

- Je ne vois pas laquelle. Madame Roi a raison, je ne

suis pas prête. Je suis ridicule.

- Ridicule, certainement pas. Un peu naïve, oui, mais avec de l'expérience, vous y remédierez, dit-il en s'asseyant en face d'elle, à contre sens. Pourriez-vous m'expliquer ?

- Quoi donc, monsieur King ?

- Vos réponses au jeu des sept mots.

- Oh ! Ce n'était qu'un jeu. Je ne m'en souviens plus. J'ai dit ce qui me venait à l'esprit, rapidement, comme vous l'aviez demandé, dit-elle lasse.

- Je m'en souviens et cela m'intrigue. Au mot *lecture*, vous avez répondu *boulangerie*. Pourquoi ?

- J'aime ce mot... Il... Je le trouve chaud, nourrissant... En le prononçant, on se sent rempli, comme si on le mangeait. Je le trouve parfaitement approprié à son sens. Il est comme le mot *lecture*, il a une consistance physique pour moi. Quand j'ai su déchiffrer les mots pour la première fois, je me suis sentie rassasiée. J'aime l'odeur et le toucher du papier, j'aime l'odeur de l'encre et le son de la plume qui gratte une feuille. Vous voyez, quand on écrit, ce n'est que de l'encre sur du papier et pourtant, c'est bien plus que cela. Vous tracez des lignes et des courbes, et le fil noir que vous avez laissé sur la feuille est un monde nouveau qui prend vie. Tout devient possible. La lecture est une chose physique pour moi. Comme une nourriture. Je ne sais pas l'exprimer. Vous voyez bien que je suis ridicule, de vous parler de mots, à vous, qui êtes écrivain.

- Loin de là. Ensuite à *musique*, vous avez associé *forêt*.

- Monsieur King, pourquoi posez-vous toutes ces

questions ? Mes réponses ne vous apprendront rien, à vous. Et puis... vous n'avez pas besoin de vous montrer aimable envers moi.

- Je suis un grand égoïste et je ne me montre jamais aimable par politesse. Si je vous le demande, c'est par intérêt personnel.

- Ah, bon ?

- Alors, *musique-forêt*, pourquoi ?

- J'ai fait un jour une promenade en forêt. On y entend tant de bruits : les craquements des grands arbres, les chants d'oiseaux, le vent dans les feuilles, les cris d'animaux inconnus... Je garde un souvenir très apaisant de la musique d'une forêt.

- Au mot *force*, vous avez associé *océan*.

Le visage d'Elfie s'illumina :

- Je suis allée jusqu'à Etretat ! annonça-t-elle fièrement. C'était il y a trois ans. Nous étions pour quelques jours chez une parente de mon père. Le temps était presque à la tempête. Les falaises ne se trouvaient qu'à une heure de marche de la maison où nous logions. Père ne voulait pas nous emmener voir l'océan qui était pourtant si près, disant que nous risquerions la mort à nous en approcher. En être si proche et ne pas voir l'océan ! Nous sommes restés deux jours enfermés dans la maison. Le troisième jour, je suis partie seule, à pied, voir l'océan.

- Et qu'est-ce qu'il vous en a coûté ?

- Peu importe, cela en valait plus que largement le prix ! dit-elle, exaltée. Vous ne pouvez pas imaginer la beauté du spectacle des vagues se fracassant dans un bruit d'enfer sur les falaises ! C'est bouleversant.

Vous vous tenez debout, sur le bord de la falaise, le vent déchaîné tente par toute la puissance de ses rafales de vous faire tomber, alors que l'océan, sous vos pieds, grignote la falaise qui est là depuis la nuit des temps. Vous avez ce sentiment étrange de vous sentir en même temps invincible et toute petite. Et la puissance des vagues qui remontent haut sur les rochers comme si elles remontaient dans vos entrailles ! Pardon ! se coupa Elfie. Ce n'est pas... correct... veuillez m'excuser. Enfin, je suppose que vous connaissez l'océan. Vous voyez, je ne vous apprends rien.

- Au contraire ! Je sais maintenant qu'il y a en vous un monde fantastique qui vous aide à ne pas vous laisser emprisonner dans le monde commun.

Elfie releva le visage et lui sourit :

- C'est vous qui imaginez de jolies choses sur moi.

- On en vient au plus intrigant : au mot *douceur*, vous avez associé *Irlande* ?

- Sœur Fiona, dont je vous ai déjà parlé, était... est Irlandaise. C'est un être doux. C'est elle qui représente la douceur pour moi.

- Puis *bonheur-livres*.

- On se sent si bien, quand on lit. Toutes les réponses sont dans les livres. Je crois.

- Très bien. Ensuite, à *prison*...

- J'ai associé le mot *jeune fille*. Oui. J'ai bien essayé de m'échapper de ma prison. Mais tel le prisonnier évadé et repris, me voici de retour à mon point de départ. Et au mot *vivre*, j'ai répondu *amour*, c'est bien cela ? J'espère au moins aimer assez mes enfants à venir pour avoir la force d'obtenir pour eux ce que je n'ai pas su revendiquer pour moi-même...

Elfie se tourna vers la vitre, fatiguée par l'heure tardive à laquelle elle n'était pas habituée, fatiguée d'avoir tant parlé d'elle.

Ce fut à ce moment-là qu'Angus King concrétisa l'idée qui germait dans sa tête depuis le début de la soirée.

- Je peux vous poser encore une question, petit rossignol ?

- Il n'y a plus de rossignol, monsieur King. Il n'y en a jamais eu, laissez tomber, répondit-elle le cœur lourd. Tant pis si mes paroles envers vous qui avez été si bon pour moi ce soir sont déplacées, mais vous me rendez les choses encore plus difficiles avec vos questions. Vous me faites entrevoir un monde de liberté de pensée et de parole... Cessez, je vous en prie. Le retour à ma vraie vie n'en sera que plus violent.

- Que seriez-vous prête à faire pour échapper à l'avenir que votre père vous réserve ?

ÉPISODE 9

Le deal

Dans le fiacre qui la ramenait à Clamart, Elfie leva ses yeux sur Angus :

- Madame Roi m'a déjà posé cette question, mais je... je ne sais pas ce que cela signifie. Je dois être trop stupide, peut-être.

- J'ai une proposition à vous faire, rossignol.

Il resta silencieux un moment, le temps d'être sûr de capter toute l'attention d'Elfie.

- Quand nous nous sommes rencontrés, sur le quai d'Anjou... vous m'avez vu avant que je descende du fiacre.

- Je n'ai rien vu ! s'exclama-t-elle rapidement.

- Écoutez. Je risque gros à vous dire ce qui suit. Je ne vous demande qu'une chose, c'est de ne pas fermer votre esprit. Vous sentez-vous capable de cela ?

Pourquoi pas ? pensa Elfie. C'était bien pour cela qu'elle était partie de chez elle le jour même. Ce qu'elle avait vu dans le fiacre, en début de soirée, avait été très furtif. À plusieurs reprises, dans la soirée, elle y avait repensé, pensant avoir mal vu.

- Je vous écoute, monsieur King.

- Vous m'avez vu embrasser cet homme, n'est-ce pas ?

- Oui, murmura-t-elle.

- Pourquoi croyez-vous que Violette vous ait confiée à moi ?

Elfie sentait qu'elle connaissait la réponse, mais elle n'osa pas la formuler.

- Vous le savez, reprit-il.

- À la pension, risqua-t-elle doucement, j'avais une amie. Elle était une classe au-dessus de la mienne. Elle était très intelligente. J'étais la seule plus jeune avec qui elle parlait. Elle m'avait présenté son cercle d'amies. Je passais mes temps libres avec elles. Une nuit, dans le dortoir, je l'ai vue qui rejoignait une autre camarade... dans son lit. En fait, presque toutes les nuits, elles les passaient ensemble. Elle savait que je savais, mais nous n'en avons jamais parlé. Le jour, nous étions juste de très bonnes camarades. Est-ce de cela que vous voulez parler ? Est-ce pareil pour certains hommes ?

- Oui.

- N'est-ce pas un péché mortel ?

- Je suis toujours vivant, dit-il en riant. Votre amie est-elle morte ?

Angus King souriait, mais Elfie était grave :

- Elle n'est pas revenue à la pension en septembre. Elle a été mariée pendant l'été. Son... amie de la nuit n'est pas revenue non plus. Nous avons entendu dire qu'elle était gravement malade : de la mélancolie ou quelque chose comme ça. Mon amie est vivante, mais je me demande quelle est sa vie, maintenant. Elle avait juré qu'elle ne se marierait jamais. Je suis triste pour elle, mais...

- Cela vous choque ?

- Qu'on l'ait mariée, oui. Menez votre vie selon vos penchants, monsieur. Cela ne me regarde pas. Je suis heureuse qu'il y ait dans ce monde quelques personnes qui puissent vivre comme elles l'entendent et non comme on le leur impose, dit Elfie pensant à son propre mariage. À quoi cela sert-il d'en parler, de toute façon monsieur King ?

- J'y viens. Ma façon de vivre n'est pas hors la loi en France, mais il n'est pas conseillé de l'étaler publiquement. Les agents qui nous ont contrôlés soupçonnaient ce que vous avez deviné. C'est pourquoi je me suis servi de vous.

- Ah, bon ?

- Je ne vous ai pas pris sous mon aile pour vous sauver vous, mais pour me sauver moi. Un réflexe. En Angleterre, jusqu'à il y a deux ans, les hommes comme moi étaient condamnés à mort.

- Ah, bon ? Mais c'est terrible ! Qu'est-ce que cela peut bien leur faire ?

- C'est bien ce je me demande.

- Pourquoi ne changez-vous pas, si c'est si dangereux ?

Il rit :

- Je ne peux pas. Je suis comme ça.

- Mais comment le savez-vous ? demanda Elfie, sans arriver à cacher son inquiétude.

- On le sait, c'est tout. Avez-vous eu envie de rejoindre, une nuit, une camarade dans son lit ?

- Oh, non ! se récria-t-elle.

- Comment savez-vous que vous n'en aviez pas envie ?

- Je le sais, c'est tout !

- Voilà ! C'est pareil pour moi. J'ai un marché à vous proposer, petit rossignol. Voulez-vous être mon alibi ?

- Je ne comprends pas ce que vous me demandez, monsieur, dit-elle, fatiguée. Et je rentre chez moi.

Angus King pencha son visage léonin tout près du petit visage rose d'Elfie Montesquiou qui voyait, dans la pénombre du fiacre, briller ses pupilles bleues sous ses épaisses arcades sourcilières. Il prit les mains d'Elfie dans les siennes et expliqua, de sa voix douce et ferme :

- Mon marché est le suivant. Je vous garde avec moi. Je ne vous demande que de vous tenir à mes côtés, tout comme ce soir.

- Mais vous ne voulez plus être... comme vous êtes ?

- Si. Je garde officieusement ma liberté d'être tel que je suis, comme vous dites, mais officiellement, grâce à vous, je deviens un autre.

- Je serai en quelque sorte attachée à vous... ? Je ne vois pas trop la différence avec ce qui m'attend.

- Ce n'est pas faux, mais il y en a deux, pourtant. En échange, rossignol, je m'occupe de vous procurer toutes les lectures qui vous ont tant manqué et de vous consacrer chaque jour du temps pour en parler avec vous. Je vous offre une ouverture d'esprit.

Elfie le regarda droit dans les yeux : King lui proposait un puits intarissable d'eau fraîche, elle qui se mourait de soif comme un homme perdu dans un désert aride.

- Oui, mais...

- Oh, j'oubliais ! Vous serez libre de mener votre vie de votre côté et vous n'aurez pas à coucher avec moi.

Elfie retira ses mains, offusquée. Angus King riait.

- Qu'en dites-vous ?

- Je ne sais pas. Tout le monde croira que...

- Uniquement les imbéciles qui voudront bien le croire. Et si je me réserve le droit de mener ma vie à ma guise, il en va bien entendu de même pour vous. Il faudra juste nous montrer discrets chacun de notre côté.

- Je... je n'envisage rien de la sorte, je...

- Vous aimerez aussi, un jour ou l'autre, comme

tout le monde, Elfie. Et comme tout le monde, vous connaîtrez les affres de l'amour. Alors, que dites-vous de mon marché ?

- Que c'est loin de l'image que je m'étais faite de mon riant avenir.

- Voilà qui est franc. Mais vrai, j'imagine, dit King en s'adossant à la banquette. Je n'ai pas mieux à vous offrir, rossignol.

Le fiacre était entré par le portail ouvert du jardin des Ducroisy Montesquiou et avait stoppé au pied de la volée de marches menant au perron. La porte d'entrée s'ouvrit aussitôt sur Mme Ducroisy Montesquiou, en robe d'intérieur. Elle avait l'œil hagard d'une femme qui a beaucoup pleuré. De la voiture, voyant le visage défait de sa mère, les rêves d'Elfie disparurent comme les étoiles derrière les nuages de cette nuit d'octobre :

- Je vous remercie pour cette soirée, monsieur King, et pour m'avoir raccompagnée jusqu'ici. Je ne regrette pas d'être allée à Paris. J'aurais au moins un souvenir, avant... Vous êtes très gentil. Mais ne vous montrez pas, s'il vous plaît. Cela me desservirait. Merci. Vraiment, merci. Adieu, monsieur.

Le cocher ouvrit la portière, elle sortit seule de la voiture et monta les marches du perron vers la lumière de l'entrée. Sa mère lui tendit les mains, mais avant qu'elle pût s'en saisir, son père surgit.

M. Ducroisy Montesquiou attrapa violemment sa fille dans le dos, par sa cape, la tirant vers l'intérieur. La cape nouée sur le cou étrangla Elfie avant que le bouton cède et qu'elle reste dans la main de son père, dévoilant les épaules blanches et nues de sa fille. Dégoûté, il jeta la cape par terre tandis qu'Elfie, dans l'élan, alla valser contre une commode. Alors il attrapa la nuque de sa fille dont le coude heurta un vase qui se fracassa au sol :

- Où étais-tu ? Qu'est-ce que c'est que cette tenue ?

Elfie se redressa péniblement, handicapée par une violente douleur dans les côtes. Affolée, elle baissa ses yeux sur la robe prêtée par Rosette. Elle l'avait complètement oubliée ! Et sa propre robe qui se trouvait encore chez la jeune actrice !

- Je vous en prie, mon ami, supplia sa mère. Laissez le temps à votre fille de nous donner une explication.

- Vous, ne vous mêlez plus de rien si vous ne voulez pas subir le même sort ! Je regrette assez d'avoir mêlé mon sang à celui des Leroy, à celui de votre mère qui se conduisait comme une gourgandine. Dire que j'ai cédé à votre demande de donner son prénom à Elfie ! J'ai toujours su qu'elle tournerait mal ! Je ne vous ai épousée que parce que vous m'apportiez deux belles propriétés. Mais si j'avais su que Violaine choisirait de faire l'actrice au lieu de rester sous mon toit et de se conformer au choix que j'avais fait pour elle, croyez-moi, votre dot n'aurait pas suffi pour m'inciter à vous épouser !

En rage, Ducroisy Montesquiou fit face à sa fille, hébétée devant ce qu'elle venait d'apprendre.

- À nous deux, jeune fille ! ! cria-t-il, en empoignant son bras. Si vous êtes encore une jeune fille ?

- O… oui ! balbutia-t-elle.

Jamais elle n'avait vu son père dans tel un état. Jamais il n'avait levé la main sur elle. Ducroisy Montesquiou serra encore plus fort son bras et la tira en arrière. Ce faisant, il la heurta une deuxième fois contre la commode au plateau de marbre. Elle cria de peur et de douleur.

- Lâchez-la ! dit calmement, mais fermement, Angus King qui s'encadrait sur le seuil.

Surpris, Ducroisy Montesquiou lâcha sa fille et se tourna vers l'étranger :

- Qui êtes-vous ? Qu'avez-vous fait à ma fille ?

- Je n'ai rien fait à mademoiselle Montesquiou, monsieur. Ni personne d'autre. Écoutez-là donc.

- De quoi vous mêlez-vous ? C'est à elle, d'écouter son père !

Encouragée par la présence de King, Elfie, honteuse et humiliée, osa parler :

- Je ne veux pas épouser monsieur d'Orvigny, père.

- Mais on ne te demande pas ton avis ! Ce mariage se fera dans quinze jours.

Il prit le visage de sa fille dans une main et écrasa sa mâchoire :

- Mais avant ça, je trouverai bien le moyen de te faire avouer ce que tu as fait aujourd'hui. Nous ne t'avons pas fait rechercher, ainsi, ton escapade n'a jamais existé.

Ses parents ne savaient pas où elle se trouvait depuis le matin, pensèrent en même temps Elfie et Angus. Était-elle partie de son plein gré ? Lui était-il arrivé quelque chose de terrible ? Peut-être sa mère s'était-elle posée ces questions ? Mais son père, lui, plutôt que de s'inquiéter à son sujet, était parti du principe que ce ne pouvait être qu'un mauvais coup de sa fille. En tout cas, tous les deux avaient préféré l'abandonner plutôt que d'ébruiter sa disparition, afin de sauvegarder la réputation de la famille.

- The deal still stands, little nightingale, dit King, de sa voix douce et ferme.

Le marché tient toujours, petit rossignol, entendit Elfie dans sa tête. Elle se tourna vers Angus King. Elle ne vit que sa tête de lion éclairée par la lumière de la maison. Derrière lui, c'était le noir. La lumière et la chaleur étaient dans la maison. Dehors, il faisait nuit et froid. Pourtant, à cet instant précis, il était évident pour elle qu'elle avait senti plus de bien-être et de compréhension en une soirée, dehors, avec Angus King, qu'en quinze ans chez ses parents. Elfie implora du regard le soutien de sa mère, mais elle détourna les yeux et murmura :

- Ton père sait ce qui est le mieux pour toi.

- Je vous suis, dit Elfie à King, doucement, de sa voix grave, omettant intentionnellement de révéler son nom devant ses parents.

- Si vous franchissez cette porte, lança froidement son père, vous n'êtes plus ma fille !

Elfie regarda sa mère encore une fois, mais elle ne cilla pas. King s'écarta du passage, Elfie le précéda sur le perron, il lui emboîta le pas. Derrière eux se referma violemment la porte d'entrée de la maison de son enfance.

Angus King ôta son propre manteau et en couvrit les épaules nues d'Elfie avant de l'aider à monter dans le fiacre qui les avait attendus. L'humiliation n'avait pas quitté Elfie :

- Je vous prie de bien vouloir m'excuser, monsieur King. Je me sens honteuse que vous ayez été témoin de cette scène.

- Vous n'y êtes pour rien. Êtes-vous blessée ? Il vous faudrait voir un médecin, peut-être ?

- Non, ce ne sera pas la peine, merci.

À ce moment-là, Elfie ne ressentait pas de douleurs physiques, mais une grande détresse morale. Et une incommensurable frayeur à l'idée de l'avenir inconnu dans lequel elle avait sauté à pieds joints, sans réfléchir. Son menton trembla, elle fut sur le point de pleurer, mais se retint en mordant sa lèvre inférieure :

- Où... où allons-nous ?

- Rue de Morny, à Paris. César de Beaumont, un ami, m'y prête son pied à terre. Il est à Rome en ce moment.

- Oh, vous non plus votre travail ne vous rapporte pas assez pour vivre dans votre propre logement ? questionna Elfie, plus pour ne pas penser à elle-même en ce moment, que par intérêt pour les finances de King, et ce qui pourrait bien advenir d'elle.

Il éclata de rire :

- Pas du tout, quelle drôle d'idée ?

- Oh ! Je vous demande pardon, je ne voulais pas vous vexer. Mais Violette m'avait dit... Non rien... Je ne sais pas à quel genre de travail je pourrais m'occuper, mais le travail ne me fait pas peur, ne vous sentez pas d'obligation envers moi, monsieur.

- Votre tâche sera très lourde, petit rossignol ! Vous devrez lire tous les ouvrages que je vous conseillerai et porter de jolies robes pour faire un petit alibi présentable à mon bras. Si je suis moi-même loin d'être beau, j'aime à m'entourer de beauté, d'esprits vifs et d'objets raffinés.

- Écrire vous rapporte donc suffisamment ?

- Oui. Mais ce n'est pas mon seul revenu, ne vous inquiétez pas de ça.

- Violette Roi a raison, il faudra que je m'en soucie un jour et le plus tôt sera le mieux. Lire, c'est bien, mais je suppose qu'il faut aussi savoir compter pour survivre.

- C'est vrai. Mais le terme de notre marché est que vous ne vous souciez pas de cet aspect de notre future relation. Cela n'a aucun intérêt, si vous voulez mon avis.

- Aucun intérêt, dit Elfie retenant à grand peine un bâillement, quand on est à l'abri du besoin comme vous dites l'être. Je ne sais pas si vous vous rendez compte que je suis complètement démunie depuis que j'ai...

Ses paupières lourdes tombaient de sommeil, mais elle demanda :

- Pourquoi avez-vous utilisé l'anglais, tout à l'heure, chez mes parents ?

- Pour tester votre compréhension de l'anglais, votre rapidité de décision, votre réelle volonté de partir avec un parfait inconnu. Pour vous déstabiliser.

- Votre test était nul, monsieur King. C'est votre anglais qui m'a mise en confiance.

- C'est vrai ? s'exclama Angus King, tout joyeux et pas vexé du tout.

- Oui. Sœur Fiona, comme je vous l'ai raconté, me donnait des leçons de chant particulières. Et quand nous étions seules, elle avait pris l'habitude, sachant que cela me plaisait, de ne parler que l'anglais avec moi. Ces conversations étaient mon plus grand bonheur. Et...

- Vous tombez de sommeil, la coupa-t-il. N'arrêtez-vous donc jamais de parler ?

- Cela me rassure.

- N'ayez pas peur, rossignol, je le sens bien ce *deal*. Cela se passera bien. Très bien.

ÉPISODE 10

Rue de Morny

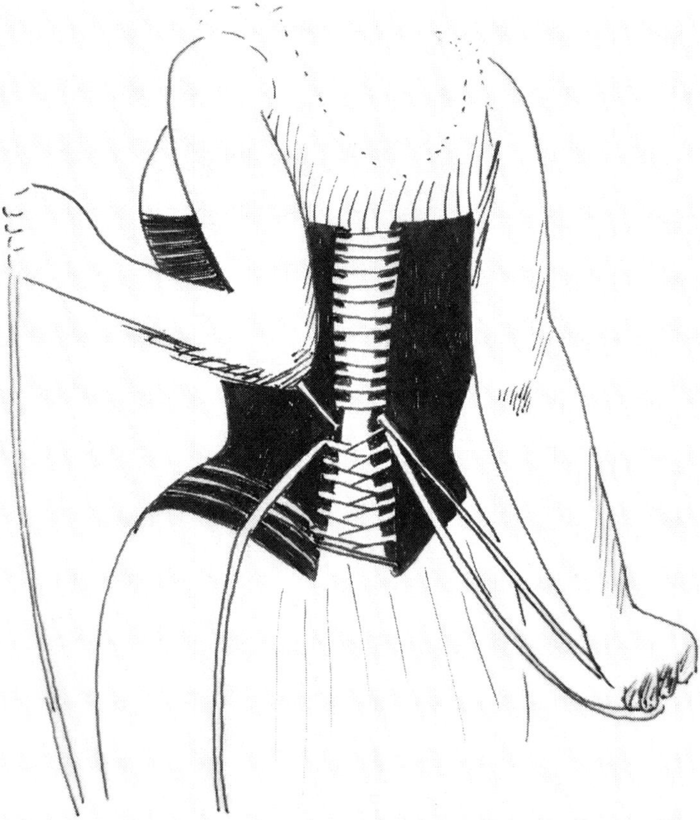

Ils arrivèrent rue de Morny aux environs de quatre heures du matin. Angus King réveilla Elfie qui s'était endormie dans le fiacre. Un majordome, en peignoir et les yeux à demi fermés, leur ouvrit l'appartement prêté par César de Beaumont :

- Bonsoir, monsieur King. Hum..., bonjour. Je ne pensais pas que vous rentreriez cette nuit. J'ai gardé votre chambre chauffée au cas où, mais les autres poêles sont éteints. Je vais les rallumer.

- Ne vous dérangez pas Gilbert. Retournez vous coucher.

- Bien. Merci, monsieur.

La cheminée du petit salon précédent la chambre de King était éteinte. Mais dans celle de la chambre, des braises rougeoyaient encore. King jeta plusieurs bûches dans le feu. Il rejoignit Elfie, restée dans le petit salon, enveloppée du manteau qu'il lui avait prêté.

- Nous nous arrangerons mieux demain, lui dit-il. En attendant, pour cette nuit...

- Je m'accommoderai parfaitement de ce petit divan.

- Non, voyons...

- Vous y seriez bien trop à l'étroit et comme vous dites, ce n'est que pour une nuit. Je suis si fatiguée que cela n'a aucune importance.

- Bien... Hum... Préparons nous pour la nuit. Après, je vous porte des couvertures. Je laisserai la porte ouverte pour que la chaleur de mon feu vous parvienne. Bon... hum... bien, je vous laisse. À tout de suite.

C'était le maximum qu'Angus pouvait faire pour Elfie. Si le feu avait été préparé dans la cheminée du petit salon, il l'aurait allumé. Mais elle était vide, et il n'était pas dans sa nature, à cette heure avancée de la nuit, de faire l'effort que demandait la préparation d'un feu pour une autre personne que lui.

King repassa dans la chambre et entrebâilla la porte de communication. Elfie l'entendit raviver son feu, puis elle entreprit elle aussi de se changer pour se coucher. Elle n'avait qu'une hâte, retirer son corset qui comprimait ses côtes douloureuses, meurtries par sa chute sur la console chez son père. Elle retira le grand manteau de King et le déposa sur un fauteuil. Le froid de la pièce saisit ses épaules nues. Son corsage était fermé dans le dos par des agrafes qu'elle essaya d'atteindre. Elle se contorsionna tant qu'elle put, mais les agrafes étaient minuscules et nombreuses. Étourdie de fatigue, elle s'énerva. Elle se prit les pieds dans sa jupe et heurta un guéridon, faisant tomber un vase qui se brisa sur le marbre devant la cheminée. Le bruit la surprit, elle se retourna pour constater les dégâts. Quelle folie l'avait prise de quitter sa maison ! Elle n'était même pas capable de se déshabiller seule. King entra précipitamment :

- Tout va bien, ici ?

- Je vous demande pardon ! s'écria Elfie levant le bras devant son visage, comme un oiseau se cache sous son aile, pour se protéger. Je vous demande pardon !

- Je ne vais pas vous frapper ! Ce n'est rien, rossignol. Ne pleurez pas, ce n'est qu'un vase.

- Cela ne va pas marcher, monsieur King. J'ai eu tort, je ne sais même pas m'occuper de moi.

Elfie n'osait pas lever les yeux sur King qui n'était vêtu que de sa chemise d'où dépassaient ses jambes épaisses et poilues. Même les mollets de son père, Elfie ne les avait jamais aperçus. De fait, c'était les premiers mollets d'homme qu'elle voyait et elle les trouvait plutôt grossiers.

- C'est bien normal. Aucune femme ne peut seule se sortir d'un tel harnachement. Tournez-vous, je vais vous aider.

- Non, merci, monsieur, cela ira.

- Allons, vous n'avez pas le choix et je vous assure que vous ne m'intéressez nullement, assura-t-il, en passant derrière elle et dégrafant son corsage et sa jupe. Voilà. Je délace aussi votre corset, et je vous laisse. Je dépose un édredon et des oreillers sur le sofa.

Quand il eut fini, il s'inclina, bien qu'elle lui tournât toujours le dos, pudique. Il lui souhaita une bonne fin de nuit et se retira dans sa chambre dont il laissa la porte ouverte pour que la chaleur de la cheminée lui parvienne. Elfie ne garda sur elle que sa chemise et son pantalon, défit son chignon et tressa ses cheveux. Elle s'enroula dans l'édredon, posa par-dessus le manteau de King et ne tarda pas à s'endormir.

Au matin, le jour qui entrait à flots par la fenêtre aux rideaux légers réveilla Elfie. Elle s'étira dans le lit et ouvrit les yeux. King, déjà habillé, vint s'asseoir sur le lit à côté d'elle. La lumière éclairait sa crinière. Allait-il la dévorer comme la sainte martyre ? Elle remonta les draps sur son visage, jusque sous ses yeux. Elle se souvenait de s'être endormie dans le salon attenant, que faisait-elle là, dans le lit de la chambre ?

- Nous avons beaucoup de choses à régler aujourd'hui, toi et moi, petit rossignol. Puis-je avoir un peu d'attention ?

- Qu'est-ce que je fais ici ?

- Tu es venue avec moi cette nuit !

- Non, ici, dans... dans ce lit.

- Oh, vers six heures du matin, tes gémissements m'ont réveillé. Tu dormais, mais tu tremblais de froid. Je t'ai portée jusqu'ici, pour que tu sois bien au chaud dans le lit. J'ai remis des bûches dans la cheminée et j'ai replongé aussitôt dans le plus profond des sommeils, ne t'inquiète pas. Allons, montre-toi, rossignol.

Elfie prit le haut du drap du bout de ses doigts et le descendit sur ses épaules.

- Voilà qui est mieux. Écoute, je n'ai absolument pas l'habitude de m'occuper de quelqu'un d'autre que de moi et encore moins d'une femme.

Une *femme*. Le mot la remplit d'aise. Elle était une femme. Elle n'était plus la dernière fille des Ducroisy Montesquiou, ni une petite pensionnaire parmi d'autres. Hier, elle avait pris son destin en main, fait le choix de ce que serait sa vie. Elle était bien devenue une *femme* : elle avait dormi dans le lit d'un homme et conversait maintenant avec lui, comme elle l'aurait fait avec une camarade de dortoir. Elle se redressa sur les oreillers.

- Je t'ai déposé de la lecture sur la table, dit King. J'ai envoyé chercher le tailleur qui viendra ici même te porter de quoi te vêtir pour ce soir et les jours qui viennent. Je pars de ce pas en quête d'une femme de chambre pour toi.

Elfie reprenait doucement confiance :

- Bien. Que dois-je faire ?

- Te faire confectionner une garde-robe, déjeuner, lire et me faire un compte-rendu de tes lectures quand je rentrerai en fin d'après-midi. Gilbert ne devrait pas tarder à te porter ton repas.

- Mais quelle heure est-il ?

- Bientôt treize heure.

- Oh, mon Dieu ! Mais je n'ai pas pris mon petit-déjeuner et la matinée est déjà passée... je n'ai pas...

King se mit à rire.

- À ce soir, rossignol !

Elfie se leva. Un bon feu flambait dans la cheminée de la chambre, ainsi que dans celle du petit salon. Mais elle n'avait tout de même pas suffisamment chaud dans sa seule chemise. On frappa à la porte du salon :

- Mademoiselle, puis-je entrer ? demanda une voix de femme. J'apporte votre déjeuner.

- Un instant, s'il vous plaît !

Elfie chercha de quoi se couvrir ; elle attrapa la robe de chambre de King qui lui descendait jusqu'aux pieds. Elle serra la ceinture, essaya de prendre un air digne dans cette tenue ridicule et annonça :

- Entrez, je vous prie.

Après avoir pris un livre pour se donner une certaine contenance, Elfie sauta dans un fauteuil. Elle réprima le cri de douleur que lui causait ses côtes encore meurtries de la nuit.

- Bonjour mademoiselle.

- Bonjour... ?

- Francine. Je vous dépose le plateau devant vous, là ?

- Oui, ce sera très bien, merci. Savez-vous à quelle heure doit passer le tailleur ?

- Dans une heure, mademoiselle. Je sais qu'il doit venir avec déjà quelques robes et chemises, dit-elle dans un sourire aimable.

- Ah, très bien, merci Francine.

Elfie mangea de bon appétit, en lisant tranquillement *Mademoiselle de Maupin*, un des livres laissés pour elle par King. C'était la première fois qu'elle mangeait seule et dans un salon. Petite, elle prenait ses repas dans la nurserie avec sa nounou, puis à cinq ans, dans la salle de classe avec son institutrice, puis enfin au réfectoire du pensionnat ou dans la salle à manger chez ses parents. Cette liberté que lui procura le fait de déjeuner seule ce midi-là, la remplit de joie. Elle posa tout d'abord son livre et s'assit correctement sur un fauteuil devant son plateau. Puis elle s'enhardit à reprendre le livre et l'ouvrit à côté du plateau pour lire en même temps qu'elle mangeait. Aucune mère, nurse, institutrice ou bonne sœur ne la surveillait : ce simple repas lui sembla le plus délicieux de sa vie. Elle poussa l'audace jusqu'à s'adosser confortablement dans le fauteuil, replia ses jambes en tailleur, position d'une inconvenance intolérable et donc formellement interdite. La petite assiette contenant une part de tarte sur les genoux, elle prit le livre de sa main gauche et continua de lire tout en mangeant. Parce que, qui peut s'arrêter de lire *Mademoiselle de Maupin* une fois commencé ?

Voilà ! se dit-elle. *C'est ça, la liberté !* Elle sourit toute seule, heureuse, bien au chaud dans la robe de chambre de King.

Plus tard dans l'après-midi, Elfie avait revêtu une des robes d'intérieur que le tailleur avait apportée. Dans le petit salon, elle lisait encore, quand Gilbert annonça :

- Mademoiselle Montesquiou, madame Roi désire être reçue.

- Faites la entrer, s'il vous plaît ! s'exclama Elfie en se levant, ravie à l'idée de lui montrer comme elle s'était bien prise en main depuis la veille. Bonjour, ma tante.

- Bonjour, Elfie. Appellez-moi Violette. Ainsi, ce qu'on dit est vrai ? Je ne le croyais pas. J'étais venue vérifier par moi-même. Je vous avais pourtant renvoyée chez votre père.

- Oui, mais... Je n'y ai pas été très bien reçue.

- Ce n'était qu'un mauvais moment à passer. Vous aviez une belle position à venir. Vous pouvez encore revenir sur cette folie, je suppose.

- Il est trop tard, madame, dit Elfie, pensant que son père lui avait dit qu'elle ne pourrait plus faire demi-tour, une fois la porte franchie.

Le regard de Violette Roi tomba alors sur sa robe de chambre d'homme et divers autres objets, appartenant sans nul doute à Angus King. Elfie suivit son regard. Elle aurait voulu détromper sa tante, mais elle ne trouva pas les mots. L'idée, bien trop confuse pour elle, lui fit monter le rouge aux joues, ce qui confirma à sa tante ses soupçons. Pensant faire comprendre à sa tante qu'elle était maintenant libre et indépendante, elle dit :

- Je suis une *femme*, à présent.

Violette en tira une toute autre conclusion.

- Je ne l'aurais pas cru, mais je vois qu'il est trop tard, soupira-t-elle. Vous ne semblez pas avoir réellement pris conscience de la situation dans laquelle vous vous êtes fourrée, pauvre enfant.

- Tout se passera bien, madame. Ne vous inquiétez pas.

- Vous êtes totalement inconsciente, petite. Que ferez-vous quand King se lassera de son nouveau jouet ?

- Quel jouet ?

- Vous !

- Moi ?

- Oui, vous ! Écoutez Elfie, je vous donne l'argent pour retourner chez vous. Mon beau-frère, tel que je le connais, n'a encore rien dû révéler de votre fugue. Il sera trop content de vous reprendre. Il avancera juste votre mariage au cas où... et tout rentrera dans l'ordre. Allons, enfilez votre robe que j'ai récupérée chez Rosette et cessez de vous entêter.

- Je vous remercie de l'intérêt que vous me portez, mais je ne changerai pas d'avis. Je reste.

Les deux femmes se regardèrent un moment. Violette Roi semblait réellement ennuyée, mais Elfie tint bon.

- Je n'ai rien contre vous, Elfie, mais je ne crois pas que vous soyez faite pour ce genre de vie. Je vous aurais mise en garde. Sachez que je ne pourrai pas vous aider, si cela tourne mal. Non pas que je ne veuille pas, mais ma propre position reste précaire.

- Je comprends, madame Roi.

- Je ne crois pas, non. Au revoir, Elfie. Je dois retourner au théâtre.

- Au revoir, ma tante et merci pour votre visite.

ÉPISODE 11

La dispute

La nuit tombait et Elfie lisait encore. La porte s'ouvrit brusquement, King entra et demanda, peu aimable :

- Que faites-vous dans mes appartements ?

Surprise, et par l'entrée fracassante, et par le ton

désagréable, Elfie se leva du fauteuil aussi rapidement que ses côtes douloureuses le lui permirent :

- J'étais venue lire, répondit-elle d'une petite voix.

- Ne vous a-t-on pas fait préparer une chambre ?

- Si, mais les livres sont ici.

- Et pourquoi n'êtes-vous pas prête pour sortir ?

- Je ne savais pas que nous sortions, monsieur King, veuillez m'excuser.

- Je vais devoir vous attendre maintenant !

- Je peux me changer très rapidement. J'y vais.

- A-t-on jamais vu une femme se changer rapidement ? répliqua-t-il, mauvais. Je vous garde pour être mon alibi, n'avez-vous pas compris ? Vous devez m'accompagner partout où je vais ! Est-ce clair ?

- C'est très clair, monsieur.

Elfie allait se glisser vers la porte, quand King lui mit sans ménagement dans les bras la pile de livres. Elle plia sous le poids et ses côtes encore douloureuses la firent grimacer.

Pourquoi King s'était-il emporté contre elle ? Habituée à obéir sans poser de question, Elfie sonna Francine et lui demanda de l'habiller le plus promptement possible. Dès qu'elle fut prête, elle se rendit presque en courant dans l'entrée. King l'attendait, en manteau, la mine toujours renfrognée.

- Je suis prêtre ! annonça Elfie, tentant un sourire réconciliateur.

Il jeta un coup d'œil sur son joli décolleté :

- Pourquoi cela vous a pris si longtemps de vous couvrir de si peu d'étoffe ! Avez-vous au moins une parure pour cacher un peu cette gorge ?

Mais, pensa Elfie. *Aurait-il oublié que je suis partie de chez moi la veille sans rien d'autre que la robe prêtée par Rosette ?*

- Non, dit-elle au bord des larmes, son petit menton tremblant. Je... je n'ai pas de bijoux.

- Eh bien, cela sera du plus bel effet ! railla-t-il.

Francine arrivait avec la cape. Elfie la prit vivement :

- Merci, Francine. Vous pouvez nous laisser.

Calmement, Elfie déposa la cape sur le dossier d'un fauteuil.

- Je ne sors pas avec vous, monsieur King, annonça-t-elle doucement, de sa voix grave.

- Pardon ? Je vous rappelle que nous avons passé un marché, mademoiselle.

- Je n'ai pas oublié monsieur, dit-elle, la voix brisée. Mais il n'était pas mentionné dans ce marché que je devrais supporter votre mauvaise humeur et vos remarques méprisantes sur ma tenue. Ce n'est pas pour ça que je me suis engagée envers vous. Et puis vous m'avez fait mal, en me jetant les livres sur les bras ! Peut-être cette robe n'est-elle pas celle qui convient le mieux, mais vous pouvez tout à fait m'en faire la remarque avec tact. Si vous avez un conseil pertinent à me donner à ce sujet ou à tout autre, je saurai l'écouter. J'avoue avoir suivi aveuglément les propositions du tailleur et être bien ignorante de la mode.

- Mais ne prenez pas la mouche pour si peu, dit King décontenancé par le discours simple et autoritaire débité d'une voix de basse. Je suis de mauvaise humeur, en effet, et j'ai de quoi l'être ! J'ai eu une mauvaise journée, vous pouvez le comprendre, non ?

- Je le peux, monsieur. Mais vous n'avez qu'à m'en faire part et je saurai compatir, au lieu de me jeter au visage une rancœur injustifiée.

- Dites donc, mademoiselle, ne me dictez pas ce que j'ai à faire ! Si j'avais eu l'envie de supporter les jérémiades d'une femme, je me serais marié ! Ce marché que nous avons passé ne m'oblige nullement à vous faire part de mes états d'âme. Nous sommes seulement embarqués dans la même galère ! J'ai passé ma journée à m'occuper de vous et seulement de vous : vous trouver un tailleur, courir mes connaissances pour vous avoir une femme de chambre, faire changer mes engagements à venir pour vous inclure dans mon emploi du temps...

- Oh mon Dieu ! s'exclama Elfie moqueuse. Vous avez perdu une journée pour bénéficier d'un alibi à l'avenir et ainsi vivre toute votre vie à votre guise ! Vous me l'auriez expliqué plus tôt, j'aurais compris votre insupportable mauvaise humeur d'enfant gâté. Après tout, mon honneur perdu n'est rien en comparaison de votre journée gâchée... Hier matin encore, reprit-elle, d'une voix triste, mon précieux honneur appartenait à mon père. Je me le suis approprié pour une unique journée. Et ce matin, cet honneur, que personne n'a encore touché, est à jamais perdu pour moi. Vous m'avez déposée vierge cette nuit dans votre lit bien chaud, et je me suis réveillée, ce matin, dans le même état, pas mieux lotie qu'hier, sauf qu'aux yeux de la société, on me considère aujourd'hui comme une courtisane. Je ne suis plus rien qu'une vulgaire fille perdue, à la merci de votre bon vouloir pour me garder ou me jeter sans rien à la rue !

Angus King en resta muet et cela ne lui était sans doute jamais arrivé. Elfie reprit :

- J'ai été bien naïve de croire que ce marché que nous avons conclu était une solution pour moi. Il n'est une solution que pour vous ! Je n'attendrai pas avec cette épée de Damoclès au-dessus de ma tête. Je suis désolée. Je n'ai pas porté les toilettes, vous pourrez sans mal les rendre. Violette Roi a rapporté ma robe que j'avais laissée chez Rosette. Je pars !

- Et où comptez-vous allez, à cette heure-ci, petit rossignol ? demanda King, retrouvant le sourire.

- Ce ne sont pas vos affaires ! s'écria-t-elle, dépitée, humiliée, rageuse, en tournant les talons.

King la rattrapa par le poignet :

- Allons, cessez vos enfantillages.

- Laissez-moi, dit-elle calmement.

- Non. Notre marché tient toujours. Vous m'accompagnez.

- C'est fini.

- Bon. J'entends que je ne m'en sortirai pas sans vous présenter des excuses en bonne et due forme. Vous avez raison sur toute la ligne, Elfie.

- Ah, bon ? demanda-t-elle en tournant vers King d'un mouvement vif, son petit visage aux sourcils hauts et étonnés.

- Oui. J'ai été un enfant gâté. Je n'en ai toujours fait qu'à ma tête. Je n'ai jamais tenu compte de personne d'autre que moi. Je suis égoïste, je le sais. Jusqu'à présent, personne ne s'en est plaint, à part vous, petit rossignol. Ou peut-être s'en est-on plaint, mais je n'ai pas su l'entendre.

- Vous n'avez pas été gentil du tout ! s'enhardit Elfie.

- Ne dites plus ce mot : *gentil*. Il est idiot. Rassurez-vous sur un point, Elfie. Je ne sais pas plus que vous où ce marché nous mènera. Mais je ne suis pas sans cœur ou inconscient au point de vous abandonner seule dans la rue, du jour au lendemain.

Elfie n'était toujours pas convaincue :

- Je ne sais pas, monsieur King. Je suppose que je peux encore rentrer chez moi, ainsi que madame Roi me l'a conseillé cet après-midi ? Comme vous l'avez dit, nous sommes sur une galère...

- Ce n'est pas une galère, Elfie, la coupa-t-il. Je n'aurais pas dû employer ce mot, c'est un beau navire. Ce sera une extraordinaire aventure, unique et passionnante !

- Je peux passer une autre robe, si vous préférez ?

- Celle-ci te va à ravir.

- Mais vous disiez qu'elle était trop...

- Elle est très bien. Je n'ai dit ça que pour être méchant. N'hésite pas à m'en faire la remarque si je le suis de nouveau, ce qui ne manquera pas d'arriver. Je suis trop fainéant pour corriger mon égoïsme, dit-il en riant.

Elfie céda. Quand il rentrait ses griffes, le lion avait une bonne grosse patte de velours au creux de laquelle il faisait bon se lover.

Dans le fiacre, Elfie passa machinalement sa main gantée sur sa gorge, par-dessus la cape. Hier soir, elle avait admiré les bijoux des femmes dans le salon de Violette, au théâtre ou au restaurant. Rosette lui avait prêté un joli petit collier pour le théâtre, qu'Elfie lui avait rendu en fin de soirée. Elle essaya de ne pas penser à la gêne qu'elle éprouverait à être la seule personne de la soirée sans bijou. Comment pouvait-on se préoccuper de détails aussi insignifiants qu'une parure dans sa situation autrement plus problématique ?

- Je suis désolé, lui dit King, assis en face d'elle. Je n'ai pas pensé aux bijoux.

- Ce n'est rien. Je n'y prête aucune attention, je vous assure.

- Tu mens très bien. Il est dommage que tu ne veuilles pas devenir actrice.

- Je suis un alibi, c'est mon travail.

- Pourquoi y penses-tu, tout à coup ?

- Ma tante... Violette, cet après-midi, a cru que vous et moi avions... que vous et moi, nous...

- Oui ? demanda Angus, en souriant de sa gêne.

- Oh, vous voyez ce que je veux dire ! Et mieux que moi, c'est sûr ! ajouta-t-elle, nerveuse, tout en riant de sa propre ignorance.

- Bien joué, alibi ! s'exclama Angus en lui serrant la main. Si Violette le pense, finaude comme elle est, c'est que tu as vraiment bien feint. D'ici deux ou trois jours, tout Paris le croira aussi !

- Hum...

Ce rôle d'alibi prenait réalité. Si cela réjouissait Angus, Elfie, elle, n'était pas sûre de le souhaiter vraiment. King vit l'ombre passer sur son front haut et les jolies parenthèses de ses fins sourcils se rapprocher imperceptiblement :

- Raconte-moi un peu, demanda-t-il pour la détourner de ses pensées. Qu'as-tu lu cet après-midi ?

- De la poésie. Le recueil *Émaux et camées* de Théophile Gautier. J'aurais mieux aimé rester en compagnie de cet extraordinaire poète toute la nuit au lieu de sortir, avoua-t-elle rougissante.

- Oh, oh ! Théo a encore une admiratrice de plus ?

- Pardon ? Je...

Elle détourna les yeux de son regard inquisiteur.

- Ne te défile pas, rossignol.

- Vous me tutoyez ? demanda-t-elle pour détourner la conversation.

- Oui. J'ai remarqué que c'est ce que font les Français après avoir...

- Après avoir... ? Oh oui !... Ah, bon ?

Il sourit :

- Après avoir essuyé leur première dispute, j'entendais.

- Oh ? Oui, bien..., bredouilla-t-elle. Oui, C'est aussi ce à quoi je pensais !

- Revenons au travail. Tu as passé un marché, alibi : tu dois me dire ce que tu penses de tes lectures.

- Je ne saurais pas l'exprimer.

- Essaye.

- Ne vous moquez pas, alors.

- Tutoiement.

- Ah, oui ! Je crois que si un homme me parlait avec des mots tels que ceux de monsieur Gautier, j'en serais toute bouleversée et je pourrais faire...

- Oui ?

- ... tout ce qu'il me demanderait, confessa-t-elle dans un murmure, n'arrivant pas à croire qu'elle venait de prononcer ces mots tout haut.

Elle resta pensive, le regard tourné vers la vitre du fiacre, se demandant pourquoi elle plaçait une si grande confiance en cet homme qu'elle ne connaissait que depuis la veille au soir.

- Eh, bien ! dit Angus. Je me demande si je ne devrais pas envier Gautier. Je ne sais que faire rire, moi, avec mes pièces.

- Oh, non, ne l'enviez pas ! Rire est très important. Cela peut vous sauver la vie, j'en suis sûre. C'est votre pièce, hier soir, au théâtre, qui m'a persuadée que la vie peut n'être qu'une grosse farce et qu'il ne faut pas se lamenter sur son sort, mais savoir aussi en rire... et vivre.

- Merci, voilà une belle critique. Je la retiens. À quoi pensais-tu, à l'instant, rossignol ?

- Si un jour j'ai un peu d'argent, mon premier achat sera *Émaux et camées, seconde édition augmentée, Paris, Poulet-Malassis et de Broise, imprimeurs-libraires-éditeurs, 9, rue des Beaux-Arts, 1858* !

- Théo sera heureux de l'apprendre.

- Cela ne risque pas d'arriver... Mais vous l'appelez Théo, connaissez-vous monsieur Gautier ?

- Tutoiement ! Oui. Nous sommes... je ne dirais pas des amis, mais de très bonnes connaissances. Je n'écrivais qu'en anglais à mes débuts. Lors de ma première traduction en français, il y a dix ans, alors que je n'étais qu'un jeune auteur de dix-huit ans. Ce bon Théo a préfacé mon texte. C'était un grand honneur. Je suis aussi admiratif que toi de ses écrits.

- Quelle chance vous avez ! ... Tu as... Où allons-nous ce soir ?

- Chez madame Marina d'Orléac-Howard.

- Ah, oui ! dit-elle, hochant la tête d'un air entendu.

- Tu as déjà entendu parler de la Comtesse Marina, petit rossignol ?

- Hum..., murmura-t-elle vaguement, pour cacher son ignorance.

- La Comtesse Marina est veuve. Elle reçoit chez elle, rue de Courcelles. Nous y dînons ce soir. Marina tient un salon dans lequel on croise des sénateurs, des journalistes, des ministres.

- Mais vous n'êtes rien de tout cela, monsieur King.

- Non. Mais Marina pense qu'avoir un écrivain dans son salon la fait passer pour une femme cultivée !

Elfie sourit.

- Bref, reprit King. Marina reçoit tout ce qui peut lui servir d'ascenseur social et de connaissance des intrigues nationales et internationales pour faire fructifier ses affaires.

- La Comtesse doit venir d'une grande famille.

- Pas du tout. Elle est née Marinette Dorléac : une gamine de Province amenée à Paris par son grand frère alors qu'elle avait une douzaine d'années. Il la laissa à un cabaretier de la rue où nous logeons, tiens ! Dans cette taverne anglaise, anciennes dépendances d'une grande maison, fréquentée par une clientèle de jockeys britanniques, venaient s'acoquiner aussi quelques lords de passage dans la capitale. C'est là, deux ou trois ans plus tard, que Marinette, devenue déjà Marina y rencontra lord Howard, un industriel anglais. Elle se fit faire un fils, que tu as rencontré, d'ailleurs, François-Xavier.

- Oh, oui !

- Bref, lord Howard, homme faible, épousa Marina.

- Peut-être ne devriez-vous pas me raconter la vie privée de cette dame, Angus ?

- C'est de notoriété publique, rossignol, mais chacun feint de l'oublier. La Comtesse est une femme d'affaires. Elle a noué des liens politiques inextricables dont elle seule, en bonne marionnettiste, sait tirer les ficelles. Quoi qu'il en soit, Marina dépassait largement en intelligence son mari qui eut le tact de mourir environ dix ans après leur mariage. C'est une femme fascinante, dans son genre. Les hommes s'accordent à la trouver belle. Ceux qui accèdent à son lit sont sûrs de voir avancer leur carrière, mais restent ses obligés à vie. Donnant-donnant. À ce jeu-là, Marina excelle. Chacun pense avoir besoin d'elle ; plus le nombre de ses intrigues croît, plus son prestige et sa fortune progressent.

- Avez-vous besoin d'elle, vous, monsieur King ?

- En un sens, oui. Il est bon d'être vu dans certains salons, afin que le Tout-Paris culturel et financier pense à toi.

- Mais quel est son intérêt à elle, de vous avoir dans son salon ?

- Je lui apporte le vernis, le brillant. Je suis l'auteur que tout ce beau monde a envie de fréquenter et d'écouter débiter ses bons mots et ses traits d'esprit.

- J'ai peur de ne pas tout saisir, monsieur King, avoua Elfie.

- Nous serions mieux dans nos rôles de compagnons d'aventure si nous nous appelions par nos prénoms.

- Ce n'est pas dans mes habitudes, je ne crois pas que j'y parviendrai, monsieur.

- Les habitudes sont pour les vieux et les bourgeois, Elfie. Toi, tu es une aventurière. Tu es la liberté incarnée !

Elfie éclata de rire :

- Angus, nous ne sommes pas dans un poème épique ! Et je n'ai rien d'une héroïne.

- Qui que tu sois, Elfie, déclara-t-il en tendant sa main, je suis enchanté de faire ta connaissance.

- Moi de même, Angus, répondit Elfie en serrant sa main.

- Voilà une chose entendue. Ce soir, tu pourras certainement parler de tes lectures à Gautier.

- Comment ça ? demanda-t-elle, en rougissant.

- Ton poète préféré est parfois invité à dîner chez Marina.

- Vous auriez pu me prévenir avant que je vous dise... ce que je vous ai dit, sur ce que je pensais !

- Ce genre de discours confus n'a jamais fait briller personne.

- Vous voyez bien que je ne suis pas du tout prête pour une soirée chez votre Comtesse, ses ministres et ses écrivains. Je ne veux pas remettre en cause notre accord, mais peut-être serait-il préférable d'attendre un jour ou deux avant de m'emmener en sortie avec vous… toi ?

- Ne jamais remettre au lendemain les erreurs que l'on peut commettre le jour-même !

- Ce n'est pas ce que m'ont enseigné les livres.

- Tu n'avais pas les bons !

ÉPISODE 12

Le poète et le scarabée

Le fiacre s'arrêta dans la cour de l'hôtel de la comtesse Marina d'Orléac Howard. Rigidement encadrés par deux laquais habillés d'une livrée grise, Angus King et Elfie Montesquiou montèrent les marches du perron éclairé par tant de torches à gaz, qu'il y faisait jour comme en plein midi. Dans le vestibule, les lumières reflétées par deux hauts miroirs biseautés aux lourds cadres travaillés et dorés étaient tout aussi éblouissantes. C'était le défaut de Marina de pousser toujours tout un peu trop loin : sa décoration riche à la limite du clinquant, ses décolletés profonds à la limite du provocant, ses sourires mielleux à la limite de l'obséquieux.

Le joli secrétaire particulier de la Comtesse, Odilon Faure, en costume précieux, les reçut très aimablement. Il portait moustache brune et bouc impeccablement taillés. Ses mains longues et soignées remuaient dans un éternel ballet, aussi gracieusement que deux ballerines :

- Ang... monsieur King ! se reprit-il, le couvant d'un regard attentionné. Madame ne vous attendait plus. Je vais vous annoncer, ainsi que... ?

- Mademoiselle Montesquiou, répondit Angus, charmant comme Elfie ne l'avait jamais vu. À ce sujet, mon cher Odilon, serait-il en votre pouvoir de demander à la comtesse la faveur du prêt d'une petite parure pour ma jeune amie. Nous avons elle et moi été dans une précipitation incroyable ces dernières vingt-quatre heures. C'est pourquoi nous nous présentons ce soir quasiment... nus devant vous.

- N... nus... ? bredouilla le secrétaire. Non, je ne saurais vous laisser ainsi, bien évidemment. Fanny, veuillez faire passer monsieur King et mademoiselle Montesquiou dans le petit salon, je vous prie, demanda-t-il à la femme qui les débarrassait de leurs manteaux. Je m'enquiers immédiatement auprès de madame, monsieur King.

- Merci Odilon, dit Angus, serrant chaleureusement les mains du secrétaire qui rougissait comme une jeune vierge.

Seuls, dans le petit salon, Elfie chuchota :

- Angus, cela ne se fait pas de demander à une Comtesse de me prêter des bijoux. Vous me mettez dans une position des plus embarrassantes. Je me sens pauvre, ce soir. Jamais avant je n'avais ressenti ça.

- Elfie, tu te montes la tête pour rien, je t'assure. Allons, n'y porte pas tant d'attention, profite de la soirée et tutoies-moi.

La Comtesse entra. Derrière elle, sa femme de chambre portait un coffret :

- Angus King ! On ne s'ennuie jamais avec vous, excentrique garçon !

Elfie exécuta une profonde révérence. La Comtesse avait tout à fait l'air de ce qu'elle était. Sur sa somptueuse robe de taffetas de soie pourpre, des volants de dentelle blanche et bouillonnante découvraient une gorge bien faite. Sa chevelure châtain, artistiquement coiffée, était surmontée d'une tiare de diamants. Ses sourcils noirs bien dessinés et sa bouche très rouge lui donnaient une allure exotique à la mode. Elle avait trente-huit ans et éclatait de beauté.

- Bonsoir, Comtesse. Je vous suis très reconnaissante de me recevoir chez vous ce soir, dit Elfie sincère et impressionnée.

- Je vous en prie, mademoiselle. Voyez avec ma femme de chambre si quelque chose est à votre goût dans ce coffre, pendant que je m'entretiens avec mon cher Angus.

- Je vous remercie, madame.

- Alors, King, allez-vous enfin me dire qui est cette charmante jeune fille ?

- C'est mon petit rossignol. J'ai entendu son chant la nuit dernière et depuis, je ne peux plus m'en séparer.

- Oui, c'est bien ce que m'a dit François-Xavier... Par contre, mon fils ne semble pas partager votre avis sur la demoiselle.

- Vous jugerez par vous-même, Comtesse.

- Avez-vous fait votre choix, mademoiselle ? demanda Marina, se retournant vers Elfie.

- Oui, madame, je vous remercie. Je suis vraiment confuse de cette situation.

- C'est sans importance. Nombre de soi-disant dames se sont présentées chez moi avec de fausses pierres d'une taille indécente. J'aime encore mieux la franchise d'un cou nu. Rendons-nous au salon, puisque tout est réglé.

Angus King offrit son bras droit à la Comtesse et posa sa main gauche derrière la taille d'Elfie. Ainsi guidée, peu habituée aux contacts physiques, elle entra dans le salon, les yeux baissés. Angus avait le contact physique facile. Autant envers les hommes qu'envers les femmes, il aimait tenir une main ou poser son bras sur une épaule. Alors qu'une inclinaison de la tête, un effleurement des lèvres sur un gant étaient de rigueur, Angus King, lui, se permettait de montrer physiquement son affection sans que personne n'en soit choqué.

Le jeune homme prétentieux, qui était présent la veille dans le salon de Violette Roi, quai d'Anjou, s'avança vers eux. François-Xavier Howard inclina la tête vers sa mère la Comtesse, qui s'éloigna. Puis il tendit la main à King qui la lui serra de mauvaise grâce :

- Ainsi, Angus, la rumeur disait vrai. Tu as gardé la fille.

- En effet, Howard. Je vous présente ma compagne, mademoiselle Elfie Montesquiou.

À contrecœur, François-Xavier s'inclina devant Elfie qui en fit autant.

- Mademoiselle, puis-je vous emprunter mon ami un instant, s'il vous plaît ?

- Je vous en prie, monsieur.

- Cela ne t'ennuie pas ? demanda King à Elfie qui lui sourit :

- Non, je t'assure Angus.

Angus, d'un clin d'œil, lui indiqua sa satisfaction qu'elle l'ait tutoyé. Elfie se moquait bien de tutoyer ou de vouvoyer. Elle ne l'avait fait qu'en espérant que cela soit désagréable à François-Xavier, dont elle ressentait le mépris injustifié. Elle avait réussi : ce tutoiement avait atteint Howard au cœur.

Elfie promena son regard sur les invités. Un homme s'avança vers elle. Il avait certainement passé la cinquantaine. Il ne semblait pas dans une grande forme et portait un ventre qui affichait clairement qu'il ne se privait de rien. Son visage flasque et barbu, aux lourdes poches sous les yeux, avait pu être régulier et séduisant dans sa jeunesse, mais aujourd'hui, des années de copieux repas et certainement d'expériences diverses avaient laissées leurs traces. Seuls, ses yeux bruns gardaient un regard romantique irrésistible. L'homme avait deux coupes dans la main, il en tendit une à Elfie :

- Bonsoir, mademoiselle.

- Bonsoir, monsieur, répondit-elle, hésitante.

- Tenez, lui murmura-t-il, comme en confidence, légèrement penché vers elle. Prenez cette coupe dans votre main pur fragment d'un chef-d'œuvre humain. Tenez, courtisane ou reine, entre vos doigts si bien sculptés, le vin d'or de la souveraine, le champagne des voluptés.

Troublée par ces paroles, Elfie tendit sa main vers la coupe.

- Dans un salon, continua-t-il, une lueur de gaieté et de jeunesse dans les yeux, vous vous devez d'avoir l'air de savoir pourquoi vous y êtes, de connaître toutes les personnes présentes depuis leur naissance et, le plus important, de sembler être sûre de vous, sinon...

- Sinon... ? s'amusa Elfie.

- Sinon, vous ferez partie de la brochette.

- La brochette ? La brochette de quoi ?

- Regardez derrière mon épaule, mademoiselle. Vous voyez ces cinq jeunes filles, serrées les unes contre les autres, avec un air apeuré de saintes nitouches ?

- Oui.

- Si certains hommes aiment les jeunes innocentes,

ils les préfèrent quand elles ne sont pas regroupées comme un troupeau d'oies blanches.

- Ce n'est pas très charitable, monsieur. Je ne goûte pas trop les moqueries.

- Privilège de l'âge, mademoiselle. Je n'ai plus de temps à perdre, je vais droit au but.

- Mais ces jeunes filles se comportent comme on le leur a appris, elles n'y peuvent rien.

- Vous comportez-vous comme on vous l'a appris, vous ?

- Je ne suis pas un exemple.

- N'en soyez jamais un.

- Il est aisé de dire cela quand on sait qui on est et qu'on a votre âge. Veuillez m'excuser ! Je ne voulais pas insinuer...

- J'ai les hivers, vous les printemps, nous sommes bien d'accord. Mais quelques saisons encore passeront avant que mes mains ne perdent le contact d'une peau douce comme un pétale de rose et que mes yeux voilés n'aient plus que le souvenir d'un teint lumineux comme la goutte de rosée au frais soleil d'un matin d'avril. Alors, seulement, la poésie deviendra ma seule réalité de vieillard. Mais je n'en suis pas encore là, insolente jeunesse ! Buvons à votre première soirée parmi nous, jeune nymphe. Nous allons devoir faire les présentations nous-même, puisque King vous a abandonnée et qu'il ne revient pas. Mademoiselle... ?

- Montesquiou.

- Et avez-vous un prénom, enfant aux airs d'impératrice, colombe au regard de faucon ?

- Elfie, monsieur, répondit-elle, de plus en plus troublée par ses paroles qui lui étaient familières.

Il lui sourit, leva sa coupe et but une gorgée, l'incitant à en faire autant. Elle humecta à peine ses lèvres de champagne.

- Vous n'êtes ni bavarde, ni curieuse, mais très énigmatique, mademoiselle.

- Oh ? Non, pas du tout, dit-elle timidement.

- Nous ne savons de vous que le fait que vous ayez surgit de nulle part hier au soir et que King vous a adoptée aussitôt, ce qui est des plus surprenants venant de lui. Et vous apparaissez ce soir, dans votre robe rose-thé dont le tissu, caresse vermeille, voltige autour de votre beauté.

- C'est surtout pour moi que c'est surprenant, monsieur, répliqua Elfie, qui avait l'étrange impression de ne pas avoir refermé *Émaux et camées*. Ce sont les vingt-quatre heures les plus bouleversantes de ma vie !

- Ce serait donc vrai, que vous vous êtes échappée de votre cage et avez pris votre envol ?

- Oui, avoua-t-elle, gênée.

- Je me suis toujours demandé comment certaines femmes pouvaient vivre des années en prison ? Elles ne peuvent qu'y mourir.

- Il faut croire que j'avais envie de vivre, murmura-t-elle.

- Qu'avez-vous fait de votre première journée de liberté ?

- J'ai lu. J'ai lu, sans plus pouvoir m'arrêter ! s'enthousiasma-t-elle.

- Voyez comme le monde est méchant, ma petite. Il dit que fille n'a pas d'esprit et que les vers qu'on lui récite, sont pour elle comme du sanscrit. Mais je vois à votre air exalté, que les vers vous ont pénétrée. Et qu'avez-vous lu, curieuse Elfie ?

- Théophile Gautier, dit-elle, soupçonneuse. Mais vous... ?

- Mais je vous écoute, la coupa-t-il. Qu'écrit-il, votre poète ?

- Les plus émouvantes et troublantes poésies qui soient. Je... je crois.

- Mais encore ?

- Ce grand poète, j'en suis sûre, doit pouvoir charmer qui il veut avec ses mots, s'enhardit Elfie. Tenez, monsieur, un exemple : si monsieur Gautier récitait ses vers à la brochette, elle en tomberait en pamoison !

- Je ne crois pas, non.

- Oh, vous n'appréciez pas sa poésie ? s'étonna Elfie, en trempant ses lèvres vermeilles dans les bulles de champagne.

- Les poètes disent de ces choses à ravir en extase les plus froides vertus. Mais je vois bien que mon discours n'a pas agréablement chatouillé votre cœur. Vous aimez mes vers mais pas ma personne. Je me présente : Théophile Gautier.

Il passa sa coupe de sa main droite à sa main gauche et s'inclina en posant sa main droite sur son propre cœur. Surprise, Elfie avala une gorgée de champagne, si vite, que les bulles en chatouillèrent son nez et pétillèrent dans ses yeux. Elle fixa Théophile Gautier de ses deux amandes vertes au fond desquelles brillait l'or du champagne...

Dans l'intimité d'un petit boudoir, Angus King et François-Xavier Howard discutaient :

- Angus, je t'en prie, tu ne songes pas vraiment à garder cette fille avec toi ?

- Ce n'est pas une fille ! s'irrita Angus. C'est Elfie. Elfie Montesquiou.

- Si tu veux. Mais que devenons-nous, toi et moi ?

- Cela fait deux semaines que tu me poursuis, Howard. C'est pitoyable. Rends-toi à l'évidence, c'est fini. Fini.

- Non !

- Fais-toi une raison et passe à autre chose, Howard.

- Je ne peux pas, Angus. Je t'aime et tu m'aimes aussi !

- Non.

- Mais tu m'as aimé !

- Cela suffit ! J'en ai assez de tes jérémiades, Howard. Tu te rends ridicule, maintenant.

- Angus, ne te détourne pas de moi, je t'en prie ! Écoute, je te laisse un peu de temps et d'ici une semaine, nous en reparlons. Je sais bien que cette fille n'est pas faite pour toi, tu t'en rendras compte aussi. Je ne peux pas croire que tu la préfères à moi ?

- Laisse mademoiselle Montesquiou en dehors de cette histoire, Howard ! Tu ne comprends rien. C'est d'ailleurs pour ça que je t'ai quitté.

- Je peux comprendre, je t'assure, Angus ! Reste !

- Tout ce que je pourrais dire de plus serait blessant, Howard. Cessons cette discussion inutile !

- Qu'attends-tu de moi ? Écoute, je t'ai écrit un poème déchirant.

- Déchire-le ! Je te l'ai déjà demandé avec tact, à maintes reprises, ne m'écris plus rien.

- Mais lis au moins celui-ci, supplia François-Xavier, sortant un papier de la poche de sa veste.

- Utilise ta plume en cure-dent, elle sera mieux employée !

- Je me mets à tes pieds, Angus.

- Monsieur King, pour vous, dorénavant. Vous me faites pitié, Howard. J'ai aimé votre beauté, mais cela ne suffit pas. Cessez, laissez-moi partir !

- Angus, dis-moi seulement ce que tu veux que je sois et je le serai pour toi !

François-Xavier retenait King par la manche, mais il dégagea son bras :

- Pouvez-vous devenir intelligent, Howard ? Pouvez-vous être moins vil ? Je suis fatigué de votre étroitesse intellectuelle et de vos manigances. Vous êtes jeune et beau comme un dieu, Howard, mais le dieu de la lie de la Terre. Vous rampez comme un scarabée, vous vous complaisez dans la pourriture. Je ne vous rejoindrai pas dans votre fange. Je brille plus haut et j'y suis bien. C'est pour cela que je vous ai quitté, Howard : vous pensez être un libertin, vous n'en avez ni l'art ni la manière, vous n'êtes qu'un sordide personnage.

- Mais tu es comme moi, Angus. Nous sommes de la même race !

- Non ! Et nous ne le serons jamais, Howard. Même un libertin doit avoir une certaine éthique, c'est ce qui vous manque. Il y a une limite à ne pas franchir. Vous ne la connaissez pas ou ne voulez pas la connaître. C'est un art de vivre qui nécessite une classe que vous n'aurez jamais. Mais cela, je vous l'ai déjà dit. Vous ne voulez pas en tenir compte, cela vous regarde. Mais en ce qui me concerne, je ne veux plus entendre parler de vous, Howard. Vous faites toujours en sorte de faire ressortir le pire chez ceux qui vous entourent. J'en ai assez ! Je veux une personne qui sera votre opposé. Je l'ai trouvée en Elfie. Voilà, tout est dit. Êtes-vous satisfait ?

Angus King tourna les talons, abandonnant François-Xavier, abasourdi, qui siffla dans son dos, mauvais :

- Vous le regretterez, King ! Vous le regretterez amèrement. Vous et cette fille, vous vous souviendrez de moi !

Angus ne prêta pas attention à ses propos et sortit du salon.

Face à Théophile Gautier, Elfie baissa les yeux, les joues rosies :

- Je viens de me ridiculiser, c'est cela monsieur Gautier ?

- Non, l'assura Gautier, admirant ses lèvres vermeilles, brillantes de champagne. Cet échange était charmant et votre compliment le plus flatteur et agréable qui soit.

- Bonsoir, mon cher Gautier ! lança King, qui les rejoignait. Alors, Elfie, tu as fait la connaissance de ton poète préféré ?

Elle tourna vers Angus un regard de reproche, ses yeux s'effilèrent vers ses tempes comme des lames.

- Bonsoir, King, dit Théophile Gautier, lui serrant la main. Avez-vous lu ma critique, ce matin ?

- Je n'ai rien lu de la journée ! Je n'ai pas eu beaucoup de temps pour moi.

- Ne me faites pas croire que vous vous êtes enfin occupé de quelqu'un d'autre que de vous ? demanda Théophile, moqueur.

Angus sourit :

- Eh bien, si ! Et cela n'était rien en comparaison du fait que je me sois fait remettre à ma place par mademoiselle qui ne me permet pas de lui faire supporter ma mauvaise humeur !

- Angus ! s'exclama Elfie, embarrassée.

Un homme d'une quarantaine d'années s'approcha du trio :

- Bonsoir Gautier, bonsoir King.

- Elfie, dit Angus, je te présente monsieur de Chabanais. Émile, voici mademoiselle Montesquiou.

- Enchanté, mademoiselle.

- Veuillez m'excuser, dit Théophile, à qui Marina faisait signe. Et, mademoiselle, continuez à lire.

- Tant que vous continuerez à écrire, monsieur Gautier.

- Qui donc a amené cette jeune et mystérieuse personne qui a accaparé Gautier ? demanda M. de Chabanais.

- C'est moi, dit Angus.

- Vous, King ? Dites-m'en plus. Je ne peux pas croire que ce soit votre petite sœur, vous êtes bien trop vilain pour avoir une sœur aussi charmante.

- Vous avez raison, Chabanais. Elfie et moi, sommes... des compagnons de route.

- Pourquoi tant de mystères, King ?

- Il n'y aurait pas de mystère s'il n'y avait pas tant d'oreilles indiscrètes.

- Dans ce cas, nous devrions déjeuner ensemble dès que possible, tous les trois.

- Très bien, nous devrions pouvoir arranger cela.

Émile de Chabanais s'inclina et les laissa.

- Angus, pourquoi avoir accepté ce déjeuner ? Cela ne me plaît pas trop d'étaler ma vie devant des inconnus.

- Émile est journaliste. Si je n'avais pas accepté, il aurait enquêté dans tout Paris pour savoir le fin mot de notre histoire et cela aurait fait encore plus de bruit que si nous la lui racontons nous-même.

- Je ne vois pas la différence...

ÉPISODE 13

Le lion et le rossignol

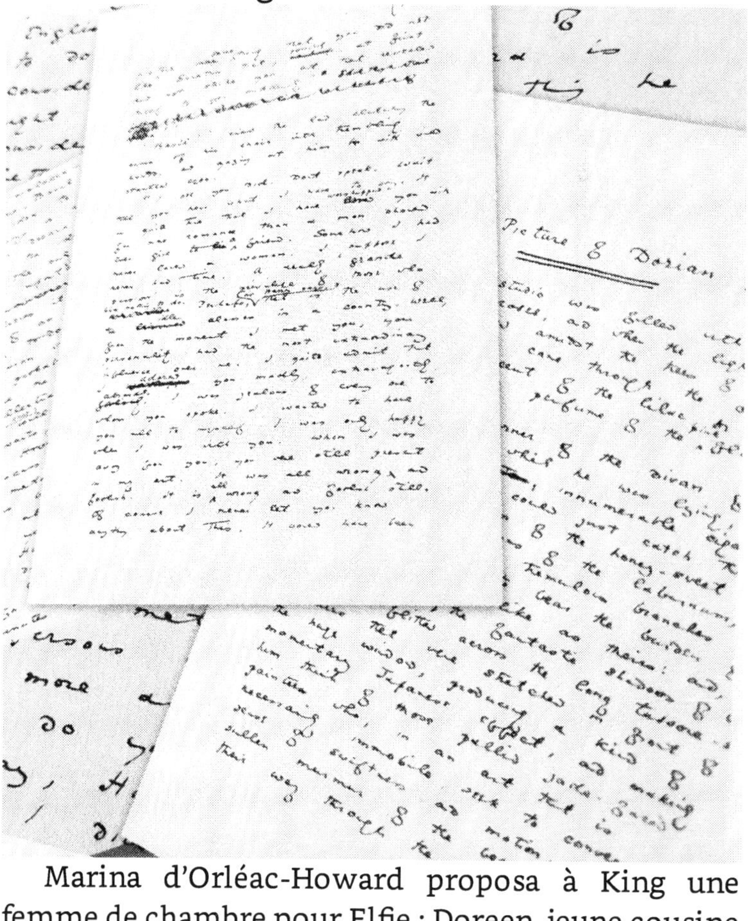

Marina d'Orléac-Howard proposa à King une femme de chambre pour Elfie : Doreen, jeune cousine de sa propre femme de chambre, qui venait tout juste d'arriver du Royaume-Uni en quête de travail. Ils la ramenèrent avec eux rue de Morny, dès la fin de la soirée.

Doreen, jeune femme vive et curieuse, d'une infatigable énergie, ne rechignait pas à la tâche. Bien charpentée, elle avait un visage avenant et régulier, des cheveux blonds si clairs qu'on les croyait presque blancs et de jolis yeux bleus. Elle était adroite de ses mains, qui étaient fortes et larges. Mais ses gestes étaient si peu tranquilles et délicats qu'on avait peur à tout instant qu'elle brise un objet. Pourtant, toute jeune, Doreen avait été mise à la vaisselle dans une auberge sans jamais y casser la moindre assiette. Elle repassait au fer chaud les délicates dentelles sans les brûler ni les déchirer et, si elle n'avait jamais fait sauter un seul bouton de chemise, elle savait les recoudre. Ses mains, qui enfilaient avec habileté un fil de soie dans le chas d'une aiguille, pouvaient aussi pétrir cinq kilos de pâte à pain en un tour de ses bras musclés.

Aventureuse dans l'âme, Doreen avait déjà changé douze fois de patrons en six ans, préférant risquer de se retrouver un temps sans travail, plutôt que de s'ennuyer dans la même maison toute sa vie ou tripotée par un patron mal intentionné. Elle avait de l'ambition, et attendait, non sans rien faire, que son heure se présente. Débrouillarde et travailleuse, Doreen s'adaptait avec bonheur et discrétion aux différentes maîtresses qu'elle avait déjà servies. Elle s'emballait vite, mais une fois passé le charme de la première rencontre, que ce soit avec un petit ami ou avec la maîtresse qu'elle servait, son engouement retombait aussi vite que montait son ennui.

Le lendemain de la soirée chez Marina, Elfie se leva tard. Doreen lui apporta un petit-déjeuner et s'affaira à ranger ses effets qui, depuis la veille que le tailleur les avait apportés, étaient pour la plupart restés dans leurs emballages ou éparpillés dans la chambre, tels qu'Elfie les avait abandonnés. Doreen se rendit rapidement compte que sa nouvelle jeune maîtresse était bonne, douce, honnête, mais pas très portée sur le rangement. Elfie n'attachait aucune importance à ses effets personnels. Après avoir subi pendant dix ans la dictature de l'ordre des sœurs au pensionnat, elle se laissait aujourd'hui aller au plus grand des relâchements.

Toute occupée à son petit-déjeuner, Elfie questionna sa femme de chambre :

- D'où viens-tu, Doreen ?

- Je suis arrivée d'Écosse avant-hier, mademoiselle.

- Et en trois jours, tu as un travail !

- Et je ferai tout ce qu'il faut pour le garder, mademoiselle.

- Il n'y a pas de raison que nous ne nous entendions pas, Doreen.

- Mademoiselle, je n'ai pas trouvé les linges...

- Les linges ?

- Oui, ceux dont vous aurez certainement besoin dans quelques jours ou semaines.

- Oh ! Ceux-là... Peut-être, en effet n'y en a-t-il pas ? dit Elfie, ennuyée.

- Je peux aller faire certains achats pour vous, mademoiselle. Si vous me remettez l'argent nécessaire, je saurai me montrer digne de votre confiance, je vous assure.

- Je n'en doute pas, Doreen. Je... je verrai, nous en reparlerons.

Elfie n'avait pas d'argent pour envoyer sa femme de chambre faire ses commissions. De plus, elle est rentrée la veille, de chez Marina, en emportant la parure qu'elle lui avait prêtée.

Après que Doreen l'eut habillée d'une de ses nouvelles robes, en serge bleue marine, à fines rayures crème, dont la jupe en surimpression se terminait en losanges effrangés de fils de soie crème, Elfie alla frapper à la porte de l'appartement de King :

Toc, toc !

- ...

Toc, toc !

- Qu'est-ce que c'est ?

Le ton de la réplique de l'écrivain n'amenait ni le tutoiement, ni la familiarité de la veille :

- C'est Elfie.

- ...

- Puis-je vous parler un instant, monsieur King ?

- Entre ! rugit-il.

Elle ouvrit doucement la porte et resta sur le seuil du petit salon dans lequel elle avait dormi l'avant-veille. Angus, assis à un bureau, écrivait rapidement, concentré. Sa plume s'agitait dans sa main gauche, comme saisie de tics nerveux et incontrôlables. À en juger par la pile de feuillets noircis, et l'encre noire sur son index et pouce gauche, il écrivait déjà depuis des heures. Elfie fut surprise de voir un gaucher. *Peut-être au Royaume-Uni ne contrarie-t-on pas les gauchers à écrire de la main droite ?* pensa-t-elle. Elle dansait d'un pied sur l'autre, sans oser parler.

- Eh bien, que veux-tu ?

- Voilà, j'ai oublié de rendre ses bijoux à madame d'Orléac, cette nuit.

- Va donc les lui rendre, pourquoi me déranger pour si peu ? dit-il sans lever la tête de sa feuille.

On n'entendait, dans le salon, que le bourdonnement de la pluie drue frappant la vitre, le crépitement du feu dévorant les bûches et le crissement de la plume grattant le papier sans ménagement. Elfie avança d'un pas, ouvrit la bouche et la referma.

- Eh bien, va ! Je travaille. Je n'aime pas être dérangé quand j'ai de l'inspiration.

- C'est que... Il pleut...

King regarda la fenêtre, puis Elfie. La ride qui creusait son front à la verticale entre ses sourcils s'accentua :

- Je le vois ! Prends donc un fiacre, tu ne vas tout de même pas me faire lever pour demander à Gilbert de t'appeler un fiacre !

- Non, bien sûr.

Le menton d'Elfie se mit à trembler, elle mordit sa lèvre inférieure qui blanchit sous la dent. Elle allait se retirer, mais elle se ravisa et prit son courage à deux mains. Elle n'aurait pas affronté, comme une martyre chrétienne, un lion dans une arène romaine, mais si elle n'était même pas capable d'affronter cet homme-là dans une chambre, elle n'avait plus qu'à rentrer chez elle. King s'était remis à écrire. La veille, il lui avait dit qu'elle ne laisse pas libre cours à sa mauvaise humeur.

- Angus ? tenta-t-elle timidement pour attirer son attention.

Il rejeta violemment sa plume dans l'encrier

- Ça ne va pas marcher ! rugit-il. Le deal était que chacun s'occupe de ses propres affaires, non ?

- Oui, mais...

- Mais quoi, enfin ?

- Je... je voudrais bien prendre un fiacre, mais je... je n'ai pas...

Angus King écarquilla soudain les yeux :

- Mais pourquoi ne le disais-tu pas plus tôt, Elfie, on aurait gagné du temps !

Il se leva, attrapa son manteau resté sur le dossier d'un fauteuil, glissa sa main dans la poche et en sortit deux pièces de deux francs argent qu'il lui tendit :

- Tiens, prends.

Elfie rougit, gênée. Jamais avant ce jour elle n'avait eu à se préoccuper d'argent. Elle s'approcha de la main tendue :

- Avec ça, j'ai assez pour me rendre rue de Courcelles ?

- Oui, tu le vois bien ! dit-il agacé.

- Oui..., oui.

Angus retourna s'asseoir à son bureau, Elfie ne bougeait toujours pas :

- Serait-il possible... ? murmura-t-elle.

- Quoi, encore ?

- J'aurais besoin... en fait, c'est... c'est ma femme de chambre, esquiva Elfie, embarrassée. Doreen voudrait effectuer quelques menus achats pour moi.

- Déjà des dépenses ? Les hommes ont raison, une femme coûte cher, railla-t-il.

- Laissez, monsieur King, murmura-t-elle. Je m'arrangerai.

Deux larmes coulèrent sur ses joues. Elle se précipita vers la porte.

- Attends ! s'écria Angus. Que veux-tu ?

- Rien, merci, dit-elle sans se retourner.

- Dis donc ! Tu viens me déranger pour d'insignifiants problèmes domestiques alors que j'ai une inspiration qui me fait défaut depuis des mois, alors, explique toi !

- J'ai besoin d'un peu de linge, bredouilla-t-elle, en se retournant vers lui. Pour... enfin quand...

- Oui ? ... Oh ! Mais bien sûr, il n'y a qu'à demander, ce n'est pas la peine d'en faire tout un drame.

Il se dérida un peu, prit un Napoléon or dans sa veste. Elfie tendit la main, mais la pièce tomba par terre, entre eux. Elle se baissa pour la ramasser, mais sa jupe balaya la pièce. Elle recula pour la voir, mais le Napoléon s'était perdu dans les dessins du tapis persan.

- Mais ce n'est pas possible ! s'écria Angus. Je ne pourrai donc jamais travailler ! Ce salon est un vrai cirque !

Elfie lui jeta un regard plein de colère. King se conduisait comme un méchant enfant, elle ne serait pas en reste ! Elle jeta aux pieds d'Angus les deux pièces qui restaient dans sa main :

- Je me rendrai à pied chez madame d'Orléac pour lui rendre ses bijoux. Ne m'attendez pas pour le déjeuner, je ne reviendrai pas !

Elle allait partir mais Angus, étonnement vif, bondit vers elle la retint par le bras :

- Aurais-je encore fait preuve de mauvaise d'humeur ?

- Oui ! Et de manque de considération. Mais je n'ai pas à vous en faire la remarque, quel âge avez-vous donc ?

- Trente-trois ans, avoua-t-il, surpris.

- Votre éducation, si elle n'a pas été faite, il est trop tard pour y remédier ! Laissez-moi ! Je... je... j'en ai assez !

- Ne prends pas la mouche pour si peu, rossignol. Es-tu susceptible !

- Susceptible ? Avez-vous déjà dû demander de l'argent pour quoi que ce soit, monsieur King ? Non, certainement. Sinon, vous sauriez ce qu'il en coûte de le faire.

- Tu as raison, Elfie. Mais à ma décharge, je suis vraiment en veine d'inspiration ce matin. Je n'avais rien écrit de valable depuis des mois. Tu ne te rends pas compte de ce que c'est.

- Et pourquoi croyez-vous donc que l'inspiration vous est revenue, monsieur ? Parce que je suis entrée dans votre vie, justement ! J'ai bouleversé vos habitudes, ce qui a donné un souffle nouveau à votre imagination. Ouvrez un peu les yeux. Ouvrez votre esprit, comme vous me l'avez si pompeusement demandé, l'autre soir, dans le fiacre !

Elfie sentit aussitôt qu'elle était allée trop loin. King ne disait rien. Inquiète, elle recula imperceptiblement. Très calme il dit :

- Je ne m'étais pas trompé sur toi, rossignol.

Le regard de King s'illumina tout à coup, comme s'il avait une idée. Elfie s'inquiéta, son fin poignet toujours pris dans l'épaisse main d'Angus.

- On va bien s'entendre, annonça-t-il, en la lâchant.

- Ah, bon ?

- Voici ce que je vais faire. Je mettrai chaque mois à ta disposition une rente pour ta toilette et tes dépenses diverses. Ainsi, tu gèreras tes besoins à ton idée. Qu'en dis-tu ?

- Je... oui, peut-être... ?

- J'aurais dû y penser avant. Voyons, quel montant serait approprié ?... Que dirais-tu de mille ?

- Oui, cela me semble très bien, dit Elfie timidement.

- Non, je blaguais. Cent mille ?

- Ah ? Heu... oui.

Angus éclata de rire :

- Tu n'as aucune idée de la valeur des choses, n'est-ce pas ?

- Non. Et ce n'est pas gentil d'en rire.

- N'emploie plus ce mot ridicule : *gentil* ! Personne n'est gentil ou pas gentil. Il n'y a pas deux catégories de gens ou de comportements.

Angus attrapa son portefeuille sur son bureau et en tira quelques pièces. Il prit la main d'Elfie et en ouvrit la paume :

- Cinq francs suffiront pour le fiacre aller et retour rue de Courcelles, et pour tes courses. Et voici qui devrait, je suppose, être assez pour... le reste. Et encore un Napoléon or au cas où tu ne m'aurais pas demandé tout ce dont tu as besoin. Tu devrais avoir largement assez. Ne te fâche pas, je ne te dis pas ça pour compter ce qui te restera, mais pour que tu ne te fasses pas rouler. Le mieux serait que tu te fasses accompagner par ta femme de chambre : pour ne pas être seule et pour qu'elle t'aide à ne pas te faire duper par les cochers ou les marchands. Cette Doreen m'a l'air d'avoir la tête sur les épaules. Cet après-midi, je m'occuperai de notre petit arrangement bancaire. Ça ira ?

Elfie respira bien fort, soulagée, mais encore sur la défensive.

- Allons, souris ! reprit Angus. Je t'avais pourtant dit de ne pas laisser libre cours à mon vilain caractère.

- Oui, mais quand tu fais ta tête de lion, ce n'est pas facile !

- Tu trouves que j'ai une tête de lion, moi, petit rossignol ?

- Oui ! s'exclama-t-elle, réjouie. Le lion et le rossignol. On dirait le titre d'une fable de la Fontaine.

- J'espère bien qu'il n'y a aucune morale à tirer de cette histoire, Elfie !

- Qui sait, Angus ?

ÉPISODE 14

L'Américain

Ce n'était pas seulement pour visiter les grands magasins — le tout nouveau *Printemps* de Paris, le *Palatial Mart*, fondé en 1853, à Dublin — qu'Oscar Delany faisait une tournée en Europe. Il cherchait aussi de nouveaux fournisseurs en draps anglais, dentelles et porcelaines françaises, tous produits manufacturés européens qu'on ne trouvait pas encore aux États-

Unis.

Oscar, l'Américain, était fils d'un émigré Irlandais. Il avait développé la prospère mercerie paternelle jusqu'à devenir le fondateur et propriétaire du plus grand magasin de New-York, *The Giant's Causeway*. La réputation du *Giant's Causeway* avait largement dépassé la ville de New-York. Elle s'était étendue jusque dans les plaines du grand ouest, où tout était encore à pourvoir. Grâce aux pionniers américains, plus encore à leurs femmes, Oscar Delany avait eu l'idée du siècle. Les petits boutiquiers des villages perdus dans les plaines de l'Ouest et les femmes des fermiers isolés avaient écrit directement au *Giant's Causeway* pour obtenir l'envoi de marchandises diverses : casseroles, fourneaux, pompes à eau, tissus, robes, moulins à café et autres. En répondant patiemment à chaque demande, Oscar Delany créa la vente par correspondance qui fit de lui un homme riche.

La fabrique de Marina d'Orléac-Howard fournissait en draperie de coton et de laine le grand magasin du Bon Marché, à Paris, depuis des années et, récemment, celui du Printemps de M. Jaluzot, ouvert au mois de mai de cette année 1865.

La veuve Marina d'Orléac-Howard ne s'était jamais remariée. Elle tenait à sa liberté. Pour autant, femme de charme, elle ne dédaignait ni les hommes ni les plaisirs. Intelligente, elle avait déployé très tôt la stratégie gagnante d'un chef militaire. Marina menait avec autorité sa vie de femme d'affaire ; ce qui ne rapportait pas d'argent n'était pas dans ses priorités.

La culture était donc un domaine où elle n'excellait pas. Elle compensait ce manque par du mordant et de l'intelligence. Aussi, écrivains ou compositeurs se plaisaient à fréquenter son salon où la table était bien garnie et les femmes agréables à l'œil. C'est à l'occasion d'un dîner donné chez elle par Marina quelques jours plus tôt, que Jules Jaluzot lui avait présenté Oscar Delany.

En cette année 1865, Oscar Delany avait vingt-cinq ans. Il avait cru qu'il parlerait affaires avec Mme d'Orléac-Howard, mais face à ce beau jeune homme, elle avait préféré aborder des sujets plus intimes. Convié à un tête-à-tête de fin de soirée, le jeune célibataire newyorkais ne s'était pas fait prier pour passer la nuit en la compagnie de Marina.

La pluie tombait drue, ce matin-là, sur le fiacre qui conduisait Elfie Montesquiou et Doreen rue de Courcelles, chez Marina d'Orléac-Howard.

Un valet débarrassa Mlle Montesquiou de son dolman. On la conduisit dans la chambre de Mme d'Orléac-Howard qui y recevait ses visites matinales. Elfie s'arrêta sur le seuil de la porte, stupéfaite. Marina était douillettement allongée dans son lit défait, revêtue d'une robe de chambre ouverte sur une chemise bordée de fine dentelle dégageant impudiquement sa gorge. Un homme, debout près du lit, en tenue de soirée à cette heure matinale, enfilait sa veste. Bien bâti, ses cheveux et sa moustache noirs contrastaient sur sa peau blanche. Il était calme, ses gestes étaient sûrs et posés, ses yeux marron aux grands cils épais, recourbés et gracieux comme ceux d'un cerf, ne révélaient rien de ses pensées. Le visage était régulier, la mâchoire bien proportionnée quoiqu'un peu avancée, le nez droit. Elfie ne lui jeta qu'un rapide coup d'œil, embarrassée. À grand peine, tant elle se sentait attirée par l'homme, elle articula un « bonjour madame, monsieur » presque inaudible, tête baissée.

- Bonjour, mademoiselle, dit l'homme.

- Elfie, dit Marina, familièrement, sans présenter l'homme. Que me vaut l'honneur ?

- Je... je suis venue vous rendre votre... prêt d'hier soir, madame. Mais... j'aurais attendu dans l'entrée si j'avais su que vous avez un visiteur.

- Il ne fallait pas vous donner cette peine par un temps aussi affreux, petite ! Vous êtes mignonne. Venir en personne me rapporter mes bijoux. Plus personne ne fait cela de nos jours.

Ses paroles mirent Elfie dans un tel embarras devant l'homme qu'elle n'osa plus lever la tête. Ce dernier se tourna vers Marina :

- Au revoir, madame. J'ai été tout à fait charmé par cet entretien.

Il lui prit la main et la baisa, puis il s'inclina vers Elfie avant de sortir :

- Au plaisir, mademoiselle.

Elle le regarda, troublée, la respiration courte :

- Monsieur.

Il sortit. Mais Elfie aurait préféré qu'il reste. Quand elle repenserait à Oscar Delany, le soir, elle imaginerait que son émoi était dû à lui seul. Mais n'était-il pas dû à la scène dans son entier ? L'homme qui se rhabillait tout juste, la femme délassée dans le lit défait qui suggérait une nuit d'amour ?

- Charmant jeune homme, dit la Comtesse, pensive. Qu'en pensez-vous, Elfie ?

- Je ne sais pas, madame. Je ne le connais pas.

Marina, de très bonne humeur, rit de bon cœur :

- Il n'est pas toujours besoin de connaître un homme pour en apprécier la valeur, tout dépend de l'usage que l'on en a.

- Je suppose que vous avez raison, madame, dit Elfie gênée, en lui tendant les bijoux qu'elle avait mis dans une petite bourse en tissu dénichée dans la chambre qu'elle occupait, rue de Morny.

- Posez-les par-là, dit Marina indiquant la coiffeuse.

Elfie s'exécuta :

- Ne préfèreriez-vous pas vérifier, madame ? Vous avez été si bonne de me faire confiance, je ne voudrais pas qu'il puisse y avoir le moindre malentendu.

- Mais où donc ce cher Angus vous a-t-il dénichée, innocente ? Ces bijoux sont faux. Je ne vous aurais jamais prêté de vraies pierres.

Elfie ravala à grand peine sa fierté : cette femme l'avait trompée. Elle lui avait laissé imaginer une confiance qu'il n'y avait jamais eu. Elfie s'était ridiculisée en pensant que ces bijoux étaient de vraies pierres et en faisant grand cas de sa bonté. Quand elle pensa à la difficulté qu'elle avait eu à demander l'argent pour le fiacre, ce fut la goutte d'eau qui fit déborder le vase de sa rancœur.

- Bien, dit Elfie. Je ne vais pas vous déranger plus

longtemps, madame. J'ai encore beaucoup à faire ce matin, au revoir, madame, et merci encore pour cette soirée.

- Mais je vous en prie, mademoiselle. Revenez chanter chez moi quand vous voudrez en compagnie de monsieur King.

Elfie et Doreen descendirent l'escalier, traversèrent la cour de l'hôtel en courant sous la pluie battante et arrivèrent, haletantes, sur le trottoir. Elfie pensa qu'en compagnie de King, un laquais aurait certainement été dépêché pour les abriter de la pluie et leur appeler un fiacre. Mais pour une fille inconnue et sa petite femme de chambre, aucun laquais ne s'était dérangé. Honteuse, elle chassa vite cette pensée mesquine qui n'était due qu'au fait qu'elle n'aimait pas se trouver sous la pluie et qu'elle en voulait un peu à Mme d'Orléac au sujet des bijoux, alors qu'elle avait été bien aimable de les lui prêter.

Le ciel était quasiment noir et l'averse ne semblait pas prête de s'arrêter. Elfie jeta un regard désespéré dans la rue désertée par les piétons, sauf un homme, de dos, portant manteau et chapeau, deux ou trois mètres plus loin. Il leva impérieusement son bras droit vers un fiacre qui s'arrêta. Il parla au cocher, puis revint en courant vers les deux jeunes femmes, tenant d'une main son chapeau :

- Voici dix bonnes minutes que j'attends un fiacre, mademoiselle Montesquiou, annonça Delany. Puis-je me permettre de vous proposer celui-ci et ma compagnie ?

- Non merci, monsieur. Comment savez-vous mon nom ? demanda Elfie, méfiante.

- Madame d'Orléac l'a mentionné. Veuillez m'excuser. Je me présente, Oscar Delany, dit-il poliment, en s'inclinant. Je me rends au Printemps, rue du Havre, mais je vous déposerai où vous voudrez, mademoiselle, insista-t-il.

Elfie regarda Doreen, laquelle se voyait déjà trempée sous cette pluie battante, sans fiacre.

- C'est justement au Printemps que nous nous rendons, mademoiselle, dit Doreen, pleine d'espoir.

- Ah, oui ?

Elfie avait entendu sa mère raconter sa visite dans ce grand magasin qui avait surgi de terre au printemps précédent, mais elle n'y était jamais allée elle-même.

- Penses-tu que nous y trouverons... ce que nous cherchons ? demanda-t-elle à Doreen.

- Il y a tout ce dont on peut rêver, au Printemps, mademoiselle ! assura Delany.

- Bien, je... je suppose que nous pouvons profiter de votre fiacre, monsieur. Doreen, tu monteras avec nous, affirma Elfie, prenant une contenance assurée.

Delany se retourna, leva le bras et siffla le cocher pour qu'il avance à leur hauteur. Il tendit sa main à Elfie pour l'aider à monter, puis il vint s'asseoir à côté d'elle qui baissa sagement ses yeux sur sa jupe. Doreen monta dans le fiacre et s'assit à contre-sens, bien serrée contre la paroi pour ne prendre qu'un minimum de place, trop heureuse de ne pas être reléguée à côté du cocher sous cette averse.

Par trois fois, Elfie leva les yeux vers Oscar Delany, les baissant de nouveau rapidement. Il la regardait fixement et la troublait :

- Peut-être êtes-vous une habituée du Bon Marché, mademoiselle ?

- Non, monsieur. Je... je ne suis pas d'ici.

- Ainsi, c'est votre premier séjour à Paris ?

- Oui.

- Pour moi aussi ! annonça-t-il, souriant. Je suis en visite, pour affaires.

Elfie lui rendit son sourire :

- Ah, bien.

- Je viens de New-York, et vous, mademoiselle Montesquiou ?

- Oh, de bien plus près. Il est dommage, pour vous qui venez de si loin, que le temps soit si mauvais.

- Au contraire. Sans cette pluie, je n'aurais pas eu le plaisir de voyager en votre compagnie.

Le magasin du Printemps croulait plus sous les marchandises qu'Elfie se l'était imaginé. Oscar Delany présentait le magasin, comme s'il était chez lui :

- N'y voyez aucune présomption de ma part, mademoiselle Montesquiou. Monsieur Jaluzot, le propriétaire, a eu la serviabilité de me le faire visiter hier. Et je possède moi-même un grand magasin, à New-York.

En homme de métier, Oscar Delany ne pouvait s'empêcher de remarquer les défauts comme les qualités de l'entreprise d'un confrère, mais en homme poli, il ne mentionnait que les deuxièmes.

- Votre magasin, en Amérique, est-il aussi grand que celui-ci ? demanda Elfie, impressionnée par la taille du Printemps.

- Au moins cinq fois plus vaste, mademoiselle. Et je ne dis pas cela pour me vanter. Au reste, vu le chiffre d'affaire que monsieur Jaluzot m'a annoncé, vous verrez que dans peu d'années, il aura racheté tout le quartier !

- Un magasin ne peut pas être aussi vaste qu'un pâté de maison !

- Plus encore ! Je vous invite, et ce n'est pas une politesse, mais plutôt une supplique, murmura-t-il, discret, à venir visiter mon magasin. Les marchandises y croulent sur quatre étages.

- Les clients ne se fatiguent-ils pas de monter tous vos escaliers, monsieur ? demanda Elfie, un peu essoufflée de n'avoir pas fait d'exercice depuis sa marche de Clamart vers Paris.

- Nous sommes en train d'étudier la pose d'un ascenseur.

- Un ascenseur ? Qu'est-ce que c'est ?

- Venez voir ça à New-York ! lança-t-il, joyeux. C'est une cabine capable de transporter d'un étage à un autre un grand nombre de personnes en même temps. Monsieur Otis en a déjà créé une, sur un principe de grue hydraulique et de poulies inventé par monsieur Armstrong.

- Mais la cabine ne peut-elle pas tomber ?

- Elle est tractée par de puissants câbles d'acier, dont un seul suffirait à supporter le poids de la cabine et de ses passagers dans leur totalité. Et elle peut être arrêtée par des freins à mâchoire. Monsieur Otis pense pouvoir nous garantir une vitesse de deux mètres par seconde.

- Donc le temps de compter jusqu'à deux ou trois, on serait rendus au deuxième étage ? C'est incroyable !

- Et sans fatigue aucune. Les clients pourront passer la journée dans le magasin à faire leurs achats !

- J'en serais heureuse pour vos affaires, monsieur Delany, mais je n'en ferai pas partie. Passer ma journée dans un magasin ne m'amuserait pas. J'aimerais mieux que robes et accessoires arrivent tout seuls dans mon armoire !

- C'est déjà ce que je propose, mademoiselle !

- Comment est-ce possible ? demanda Elfie.

- L'Amérique est un très vaste pays. Les fermes éloignées dans les terres de l'Ouest n'ont pas accès à toute la variété de marchandises proposée en ville. J'ai développé un système de vente par correspondance qui s'étend à une vitesse incroyable.

- Je suis arrivée au rayon que je cherchais, monsieur. Mais j'aurais aimé que vous me racontiez comment cela fonctionne. Il semble que rien ne vous arrête !

- Je sens une pointe d'ironie.

- Pas du tout ! Je n'ai pas votre sens pratique, mais je suis admirative de votre imagination et de votre ambition.

- C'est très gentil, mademoiselle. Donc, je vous attends, à New-York ?

- Je n'ai que la liberté de choisir où j'achète mes effets personnels, monsieur. Pas celle de décider où je me trouverai dans un mois.

- Quand vous viendrez, insista-t-il, sans sembler l'avoir entendue, rendez vous directement au Giant's Causeway, c'est le nom de mon magasin.

- D'où vient ce nom ?

- Vous êtes la première personne à me le demander. La Chaussée des Géants est un site naturel, dans le nord de l'Irlande. J'y suis allé une fois, avec mon oncle, quand j'étais jeune. C'est extraordinaire. La roche s'élève, en colonnes hexagonales, comme de hauts immeubles.

- C'est un joli nom.

- Merci.

- Bien, monsieur Delany, dit Elfie, à regret. Je fais mes achats, puis je devrai rentrer.

- Il y a des années, si j'avais su votre existence, mademoiselle, j'aurais vendu la boutique héritée de mon père pour monter mon magasin à Paris. N'oubliez pas : New-York, le Giant's Cauyseway et vous demandez Oscar Delany. Je vous y attends, dit-il en lui baisant la main et s'inclinant bien bas.

ÉPISODE 15

Le choix

Elfie arriva rue de Morny à temps pour déjeuner

avec Angus. Toute excitée de s'être rendue seule en fiacre pour la première fois de sa vie et avoir effectué ses différentes courses à son idée, elle conta par le menu sa matinée à King :

- Savez-vous..., pardon, sais-tu ce qu'est un ascenseur, Angus ?

- J'en ai vaguement entendu parler.

- Monsieur Delany dit qu'il va en équiper son magasin de New-York.

- Monsieur Delany a fait, monsieur Delany a dit..., se moqua Angus. Et toi, que lui as-tu donc fait pour qu'il ait été aussi galant à ton égard ?

- Mais rien ! s'écria Elfie. Bon, je ne te raconte plus rien.

- Comme tu voudras.

- Angus, crois-tu qu'on puisse hisser plusieurs personnes dans une boîte sur plusieurs étages ?

- Bien sûr ! Tu verras, rossignol, d'ici quelques années, les escaliers n'existeront plus.

Elfie se mit à rire :

- Ce sont des bêtises, Angus ! Je ne voudrais pas monter dans un ascenseur, mais j'aimerais quand même bien en voir un en action.

Une semaine passa. Angus King et Elfie Montesquiou faisaient doucement connaissance. Leur partenariat se passait bien, chacun faisant des efforts pour s'accommoder du caractère de l'autre. Le matin, Angus écrivait. Elfie lisait ou partait avec Doreen acheter ce qui lui manquait ; elle n'allait qu'au Printemps, espérant y croiser de nouveau Delany. Elle déjeunait en compagnie d'Angus, puis, pendant qu'il se remettait à ses écrits, elle lisait. Chaque soir, ils étaient invités dans un salon ou un autre et Elfie était conviée à chanter. Ou bien ils se rendaient au théâtre. Angus King connaissait tous les écrivains, directeurs de théâtre, critiques, actrices et acteurs. Elfie découvrait à la fois l'endroit et l'envers du décor. Ce monde était aussi éloigné de celui qui avait été le sien, que la Terre l'était des étoiles.

À la fin de cette pluvieuse semaine, elle se demanda si elle serait aussi invitée dans les salons si elle se refusait de chanter. Mais elle garda cette réflexion pour elle, l'enfouit dans un coin de son cerveau, et l'oublia.

Ce matin-là, quand Elfie se réveilla, la pluie tombait toujours. Elle fut saisie d'un vague à l'âme, comme un mal du pays. Elle pensa à sœur Fiona qui lui manquait terriblement. Est-ce qu'elle manquait aussi à sœur Fiona ? N'y aurait-il pas un moyen pour qu'elle puisse lui donner de ses nouvelles ? Que lui avait-on dit à son sujet ? Rien ? Ou pire, des mensonges ? Et si sa mère avait changé d'avis ? Peut-être Elfie pourrait-elle rentrer chez elle ? Non, son père l'avait bannie à jamais et elle connaissait son intransigeance bornée. Il avait déjà dû tirer un trait sur son existence. Après tout, il avait aussi un fils, une autre fille et des petits-enfants qui eux, lui faisaient honneur. Toute la matinée, Elfie tourna et retourna ces pensées dans sa tête. Elle déjeuna sans appétit, puis retourna dans sa chambre reprendre ses réflexions où elle les avait laissées. Vers quinze heures, elle enfila son dolman et sortit seule, sans prévenir ni Doreen ni Angus.

Dix-neuf heures. La nuit était tombée, la pluie avait cessé. Dans la cour de l'hôtel, rue de Morny, un fiacre s'arrêta. Le cocher descendit, déplia le marchepied et ouvrit la portière. Elfie se penchait pour sortir quand Angus King lui prit la main et la tira dehors :

- Où étais-tu ? demanda-t-il, brusquement.

- Je... je...

King sortit une pièce de sa poche et la tendit au cocher.

- Ce sera loin d'être assez pour la course, monsieur, dit ce dernier. Clamart aller-retour...

Angus paya le cocher et rentra, suivi d'Elfie. Dans le vestibule, Doreen la débarrassa de son manteau.

- Nous avons conclu un marché, je te rappelle ! s'écria King. Qu'as-tu fait, à Clamart ?

- Notre marché m'autorise à me déplacer à ma guise, non ?

- Mais pas à partir sans en avertir personne et me laisser... laisser Doreen dans l'inquiétude !

- Je suis désolée de t'avoir inquiété, Angus. Ce n'était pas mon intention.

- Tu es retournée chez ton père ?

- Non. Je ne suis même pas allée jusque chez lui. Je ne suis pas descendue du fiacre, en fait. Le cocher a fait le tour du pensionnat, puis nous sommes rentrés, dit Elfie, retenant ses larmes, le menton tremblant.

- Regrettes-tu ta décision d'être venue avec moi ? demanda-t-il, plus calme.

Elfie regarda Angus droit dans les yeux, quelques longues secondes :

- Non. Mais... certaines personnes me manquent et je m'inquiète pour elles. Et il a tant plu cette semaine. Et je vous avais dit que je ne voulais pas devenir chanteuse. Et hier soir, vous conversiez avec tous ces gens que vous connaissez, et moi... Et toutes ces personnes nouvelles que vous me présentez chaque jour me regardent comme un animal bizarre. Et vous êtes accaparé par tout ce monde et j'ai l'air d'être avec vous oui, mais je reste en dehors de votre ronde, je n'en connais pas la chanson. Et peut-être me suis-je complètement trompée en vous suivant ? Et je me sens seule. Et la vie est injuste ! Et... je vais me changer, j'ai froid.

King lui sourit et prit son petit visage rose et frais dans ses mains tachées d'encre :

- Une semaine de vie commune, cela se fête, petit rossignol ! Que dirais-tu d'enfiler une jolie robe et de m'accompagner au théâtre ? Rien que toi et moi et personne pour te demander de chanter, pas même moi.

- Au théâtre ? Bien, je me change.

Angus avait eu raison, la pièce était divertissante. Elfie en oublia son vague à l'âme. Pendant l'entracte, elle dut s'éclipser un instant.

Elle revenait auprès de King, dans le couloir, toute à la pensée de la chance qu'elle avait finalement d'être tombée sur lui. Il n'était pas facile de s'intégrer dans son monde, mais personne ne lui avait promis que ça le serait. Elle devait tenir bon, ne pas se laisser abattre pour si peu et profiter de la vie amusante que menait King. Jamais, si elle était restée chez elle, elle ne serait allée au restaurant ou au théâtre. Les hommes, seuls, y allaient, mais pas les honnêtes femmes mariées. Et, quoi qu'on en pense, Elfie aimait beaucoup sortir avec Angus. Elle rajustait distraitement son corsage et lissait sa jupe du plat de la main, quand un homme lui barra le passage :

- Mademoiselle Ducroisy-Montesquiou !

Elfie le fixa, interdite, le souffle coupé, blême. M. d'Orvigny père repoussa derrière lui la jeune femme fardée qui l'accompagnait et qui partit sans rien dire, soumise.

- En voici une bonne surprise ! reprit-il. Quand je raconterai à Ducroisy que sa charmante enfant, contrairement à ce qu'il a claironné sur tous les toits, n'a pas subitement préféré le couvent au mariage, mais le théâtre, eh bien ! je parierais ma chemise que votre père n'en sera pas étonné, lui, le gredin ! s'exclama-t-il, en attirant Elfie à lui.

- Laissez-moi, monsieur, s'il vous plaît, murmura-t-elle.

- Dites-moi, ma mignonne, vous êtes à croquer, dans cette adorable robe. Qui donc vous l'a offerte ?

- Personne !

- Peu importe, vous me raconterez ça plus tard. Allons, venez, Elfie !

- Non monsieur. Je ne veux pas venir avec vous, je vous en prie.

- Écoutez, ma mignonne. Je peux comprendre que vous ayez voulu faire votre propre expérience avant le mariage. Jolie et futée comme vous l'êtes, j'imagine sans peine la déception que vous aura causée l'idée d'un mariage avec mon dernier fils. Je reconnais volontiers que ce n'est pas le plus vif des hommes. Vous voyez, je suis large d'esprit, contrairement à ce que vous devez penser. Et je me dis même que votre caractère coquin n'en sera que plus profitable à... mon fils, après tout. Allons, une semaine, il n'y a là rien d'irréparable. Nous pourrons vous marier avant deux jours...

D'Orvigny posa sa main sur le ventre d'Elfie :

- Et quoi qu'il se soit passé, neuf mois ou moins, je m'en fiche. J'ai un fils aîné qui répond à toutes mes attentes, marié à une femme docile et féconde et qui m'a déjà donné deux petits-fils en bonne santé et intelligents. Alors les autres, peu m'importe de savoir d'où ils viennent ! Ce n'est pas pour vos enfants à venir, que je vous avais choisie pour belle-fille.

Elfie ne pouvait détacher ses yeux verts de d'Orvigny. Elle aurait peut-être pu se soustraire à son emprise : elle n'était pas grande, mais il n'était pas des plus fringants. Seulement, elle était terrorisée. Il reprit :

- Vous souvenez-vous, quand je suis venu une après-midi d'été l'année dernière chez votre père, à Clamart, invité par lui afin de vous rencontrer. Vous jouiez à chat, dans votre jardin avec un petit cousin. Comme vous étiez mignonne, avec vos jupes courtes, courant légèrement et riant comme une petite folle. Si votre père savait, l'imbécile ! même sans dot, je vous aurais prise pour belle-fille.

Elfie essaya de se dégager, mais la main de d'Orvigny sur son ventre la tenait maintenant plaquée contre le mur :

- Votre père a tout de même vu l'intérêt que vous m'inspiriez, reprit-il. De ce jour, personne n'a pu vous approcher, ni moi, ni un autre. Vous étiez bien gardée.

C'était donc la réalité ! Elfie s'était sentie en prison, chez elle, depuis plus d'un an. Quand elle rentrait de la pension, elle ne sortait plus de l'enceinte de son jardin. Quand elle réclamait une petite sortie au parc ou au marché, sa mère prétextait à chaque fois que le temps était trop froid ou trop chaud, ou toute autre excuse irrecevable pour annuler toute sortie.

- Aujourd'hui, vous voici enfin seule, hors de chez vous. Après tout, si c'est ainsi que vous préférez vivre, cela me convient tout à fait. Vous ne voulez pas de ce mariage ?

- Non, monsieur, répondit Elfie.

- Eh bien, pourquoi pas ?

Une lueur d'espoir passa dans les yeux d'Elfie.

- Allons, venez avec moi, je vous installerai joliment et déposerai à vos pieds tout ce qu'il vous plaira d'y voir.

- Laissez-moi partir ! s'écria Elfie, affolée, dégoûtée. Par pitié !

- Ce petit collier que vous portez n'est pas digne de vous. Allons, fausse prude, je vous en offrirai, moi, des colliers, et des bien plus lourds ! Que ne ferais-je pas pour avoir, de vos lèvres mignonnes, un doux baiser !

Un spectateur pressé, ne voulant pas manquer la

reprise de la pièce, passa. Les apercevant, il s'arrêta :

- Mademoiselle, vous avez un souci ? demanda-t-il.

D'Orvigny se retourna.

- Oh ! Veuillez m'excuser, monsieur d'Orvigny. De dos, je ne vous avais pas reconnu ! s'exclama l'homme, passant son chemin.

L'entracte était fini, la pièce avait repris sous les applaudissements qu'on entendait crépiter depuis le corridor. L'attitude du spectateur avait indigné Elfie qui comprit qu'elle ne pouvait compter que sur elle-même. Elle tentait toujours de se sortir des bras de d'Orvigny, se débattant plus courageusement, maintenant :

- Je ne veux rien de vous, monsieur ! Ni de vous, ni de votre fils !

- Mais pour qui vous prenez vous ? ragea d'Orvigny. Personne n'est dupe d'une excuse aussi idiote que celle que votre imbécile de père a fournie. Vous, dans un couvent, non mais ! Vous pensiez me faire passer pour un sot et vous en tirer à bon compte ?

- Je n'ai pas voulu cela, monsieur. Je n'ai cessé de demander à mon père de ne pas me marier. Je n'ai rien contre votre fils. Je vous en prie, oubliez-moi !

- Laissez-la ! cria Angus.

D'Orvigny se retourna. Il reconnut l'écrivain dont les caricatures dans les journaux qu'il lisait n'étaient guère que de pâles portraits.

- Angus King ! Je ne savais pas que vous étiez du genre à voler au secours des jeunes filles. Mais cette affaire-ci ne vous concerne pas ! Je ramène cette jeune personne à son père. Un moment de bêtise l'a égarée.

En tant que son futur beau-père, je ne peux pas la laisser seule.

- Mademoiselle n'est pas seule. Elle est avec moi !

Surpris, d'Orvigny lâcha son étreinte. Elfie en profita pour s'échapper et courut se placer derrière King, haletante, encore sous le choc de l'horrible proposition que d'Orvigny venait de lui faire.

- Dites à la gamine de me suivre, King ! Tout ceci est ridicule !

- Mademoiselle Montesquiou a fait son choix, dit King calmement. Vous n'avez plus qu'à vous incliner !

D'Orvigny, menaçant, avança vers Angus King qui redressa, inquiétant, son impressionnante stature. D'Orvigny avait largement la cinquantaine et était loin d'être dans une forme éblouissante. Il battit en retraite :

- Réfléchissez bien, petite ! Et vous, King, je crois que vous ne me connaissez pas. Personne ne se met en travers de mon chemin. J'ai le bras long et je n'en ai pas fini avec vous !

Il tourna un mauvais regard vers Elfie :

- Vous connaissez mon adresse, mademoiselle. Soyez y demain matin à la première heure ou courez vous réfugier dans un couvent bien fermé, vous y serez plus à l'abri que dans mes parages. Quant à vous, King, ce ne sont pas des personnes de votre sorte qui vont imposer leur volonté dans notre pays, je vous le dis. Vous n'êtes pas au bout de vos surprises ! Je n'attendrai pas un faux pas de vous pour vous renvoyer d'où vous venez ! J'en ai les moyens, siffla-t-il, avant de partir.

Quand d'Orvigny eut disparu au bout du couloir, Elfie, encore tremblante, bougea enfin :

- Il vaudrait mieux que je le suive, se ravisa-t-elle. C'est un homme puissant. Il peut vous faire du mal.

- Pfeuh ! Que peut-il me faire ? C'est un poltron qui a eu peur de moi qui ne me suis jamais battu de ma vie ! avoua Angus en riant.

- Il me fait peur, à moi, et je crois que c'est à raison. Vous ne devriez pas en rire.

- Tu avais raison tout à l'heure, la vie est injuste et rire est ma réponse. Allons, viens, nous allons manquer la fin de la pièce.

- Je n'en ai plus envie. S'il vous plaît, pourrions-nous rentrer, Angus ?

- Comme tu veux.

Une heure à peine après leur retour rue de Morny, un messager arriva avec un message pour l'écrivain.

King,

D'Orvigny fait savoir à qui veut l'entendre qu'il va vous faire arrêter pour l'enlèvement de sa belle-fille. Ne le prenez pas à la légère. Remettez-lui la petite sur le champ ou fuyez. Brûlez ce pli,

M.O.H.

Angus sonna Gilbert qui arriva, la chemise rentrée à la hâte dans le pantalon, en fermant sa robe de chambre. Le majordome ne fit aucun commentaire, mais on sentait qu'il en avait assez de ces *théâtreux* qui ne semblaient pas se rendre compte que s'il y avait un jour et une nuit, ce n'était pas pour rien. Comment son maître, M. de Beaumont, un homme d'une exactitude militaire, pouvait-il recevoir chez lui cet écrivain aux mœurs bizarres et sa petite chanteuse ?

- Préparez-moi un léger sac de voyage Gilbert, ordonna King. Réveillez Doreen, s'il vous plaît, qu'elle en fasse autant pour sa maîtresse. Mademoiselle Montesquiou et moi partons seuls cette nuit. Vous enverrez Doreen, dès demain, nous rejoindre à Londres, avec les malles.

Puis, toujours en chemise, Angus entra sans frapper dans la chambre d'Elfie qui lisait dans son lit. Elle ne pouvait pas dormir. Sa rencontre avec d'Orvigny l'avait choquée, elle repensait à tout ce qui s'était dit. Elle avait peur d'une vengeance.

- Angus ? Mais qu'est-ce q... ?

- Elfie, je t'avais parlé de passer l'hiver à Londres ?

- Oui ?

- Nous partons. Maintenant !

- Oh ? Demain matin ?

- Non, maintenant, habille-toi !

Il tira son édredon, la découvrant.

- Mais vous me faites peur !

- Tu peux. Tu avais raison pour d'Orvigny. Je pars pour Londres. Tu as le choix : je te dépose à Paris chez d'Orvigny, à Clamart chez ton père ou tu viens avec moi.

Mais, suivant sa pensée, quand Doreen entra dans la chambre, en chemise, un châle sur les épaules, il s'adressa à elle :

- Habille ta maîtresse, Doreen ! Nous partons. Prépare-lui un petit sac de première nécessité. Tu nous rejoindras plus tard avec les malles. Je te laisserai de quoi payer le voyage. Gilbert te conduira à la gare. Elfie, que choisis-tu ?

- Je te suis, Angus, murmura-t-elle, en pensant que ce n'était pas vraiment un choix qui s'offrait à elle.

À suivre

ELFIE
SAISON 2

de
GABRIELLE DUBOIS

BIBLIOGRAPHIE :

LIVRES :

Pour la France :

Journal d'agriculture pratique, de jardinage et d'économie domestique. Édité de 1837 à 1908, par le Librairie de la Maison rustique du XIXe siècle (Paris).

Histoire de l'éclairage des rues de Paris, d'Eugène Defrance (1874-19..). Édité en 1904 par Imprimerie nationale (Paris).

Histoire de la vie privée des Français depuis l'origine de la nation jusqu'à nos jours, de Pierre Jean-Baptiste Legrand d'Aussy, (1737-1800). Édité en 1782 par imprimerie de Ph.-D. Pierres (Paris).

Guide Brunet dans Boulogne sur mer et ses environs. Édité en 1875 par le comité de publicité de Boulogne sur mer, imprimerie de Ch. Aigre 4, rue des Vieillards.

Petit guide officiel de l'étranger à Boulogne-sur-mer, de CH. P. Duplessis. Édité en 1865 par les Petits Guides (valence Drôme).

Les courtisanes sous le second empire, de Léopold Stapleaux. Édité en 1871 par l'office de publicité (Bruxelles).

Biographie universelle des musiciens et bibliographie générale de la musique. Supplément et complément. Sup. 2 / par F.-J. Fétis ; publ. sous la dir. de M. Arthur Pougin... de François-Joseph Fétis (1784-1871). Édité en 1878-1880, par Firmin-Didot (Paris).

Aux sources des chansons populaires, de Martine David et Anne-Marie Delrieu. Édité en 1984 par Belin, 8 rue Férou,

75006 Paris.

Chansons populaires recueillies dans les Alpes françaises (Savoie et Dauphiné), de Julien Tiersot (1857-1936). Édité en 1903 par H. Falque et F. Perrin (Grenoble).

L'Europe au XIXème siècle, Des nations aux nationalismes, 1815-1914, de Jean-Claude Caron et Michel Vernus. Édité en 1997 par Armand Colin.

Ballades toutes nues, de Félix La Boissière (1865-19...?). Édité en 1905 par E.Sansot (Paris).

Les petits-Paris. Paris-viveur, de Taxile Delord (1815-1877), Arnould Frémy (1809-189.), Edmond Auguste Texier (1815-1887). Édité en 1854-1855, par Taride (Paris)

Pour le Royaume-Uni :

New guide to Boulogne-sur-mer and its environs, by J. Brunet, en langue anglaise. Édité en 1864 par C. Watel (Boulogne-sur-mer).

Guide de l'étranger à Londres, par Exposition internationale 1851 Londres. Édité en 1851 par Brindeau, le Havre.

L'Angleterre et son empire de Élie Halévy (1870-1937). Édité en 1905 par Pages Libres (Paris).

Bains de mer d'Angleterre du Dr Auguste Labat. Édité en 1904 par J.-B. Baillière et fils (Paris).

Wintering in the Riviera : with notes ot travel in Italy and France and praticall hint to travellers, de William Miller. Édité en 1879, par Longmans (London). Langue: englais.

Pour l'Irlande :

L'Irlande sociale, politique et religieuse. Tome 1 de Beaumont, Gustave de (1802-1866). Édité en 1863 par Michel Lévy frères (Paris).

Pour l'Italie :

Huit mois en Italie, en 1849, du Comte Pierre-Louis Roedere (1827?-1...). Édité en 1891 par l'Imprimerie des Apprentis Orphelins (Paris-Auteuil).

Pour les États-Unis :

My brother Stephen by Morrisson Foster (sujet : Stephen Collins Foster, 1826-1864), de Mossisson Foster. Édité en 1932 par The Hollenbeck Press, Indianapolis. Langue : anglais

Le mariage aux États-Unis, de Auguste Carlier (1803-1890). Édité en 1860 par L. Hachette (Paris).

Promenade en Amérique : États-Unis, Cuba, Mexique. Tome 1, de Jean-Jacques Ampère (1800-1864). Édité en 1856 par Michel Lévy frères (Paris).

Trois mois d'enseignement aux États-Unis : notes et impressions d'un professeur français (2e édition), de Gustave Lanson (1857-1934). Édité en 1914 par Hachette (Paris).

SITES WEB :

http://trainvapeur.fr/

http://www.victorianlondon.org/index-2012.htm

http://www.commodorehotel.ie/history.html

CHANSONS :

May the road rise up to meet you, vieille bénédiction irlandaise.

Madame Arthur, écrite par Paul de Kock en 1850.
et
Sidonie, écrite par Paul de Kock, même époque.

Beautiful dreamer, écrite par Stepehn Foster en 1864.

Plaisir d'amour, extraite d'une nouvelle de Jean-Pierre Claris de Florian, musique de Jean-Paul Égide Martini, 1784.

Adio del passato, extrait de la Traviata, Giuseppe Verdi, livret Francesco Maria Piave, 1853.

The last Rose of summer, texte du poète irlandais Thomas Moore (1779-1852), musique de John Stevenson.

Rossignol de mes amours, succès de Louis Mariano, 1956. Paroles de Raymond Vincy, musique de Francis Lopez.

Note de Gabrielle Dubois :
Rossignol de mes amours et *Madame Arthur* sont les deux chansons à l'origine de ce roman.

TABLE DES MATIÈRES

BIBLIOGRAPHIE :

De GABRIELLE DUBOIS, déjà paru :

VIOLETTE et NAPOLÉON, roman historique illustré.

Violette, sage et coquette grisette du faubourg, trotte gentiment de chez elle à Toulouse par le Pont Neuf. En 1808, la visite de Napoléon aux Toulousains va être le premier événement qui va changer le cours des jeunes existences de Violette, qui apprendra à lire, et Batiste et Célestin, dont les rêves dits plus masculins et plus grandioses vont cacher des réalités empreintes de désillusions et de violence. En 1814, l'armée de Napoléon se prépare à livrer sa dernière bataille à Toulouse. En face d'elle, toutes les armées d'une Europe coalisée contre la France. La vie de Violette, seize ans, âge des premières amours, en sera bouleversée. Les décisions des grands de ce monde ont un impact fort, et peu souvent bénéfique, sur ceux qui vivent sous leurs lois. De tous temps, comme l'humble Violette du faubourg, sa vieille voisine Babillou, femme forte, indépendante au grand cœur, l'aimante Coraly, le pêcheur Célestin, le noble Batiste, nous faisons de notre mieux pour vivre dans leur monde.Chacun d'eux a ses motivations pour admirer, suivre ou critiquer l'empereur. Si les hommes espèrent tirer un bénéfice personnel d'une adhésion au pouvoir, les femmes, négligées ou exclues de la société, ou brimée par ses lois de tous temps, tentent juste de trouver un peu de bonheur et de supporter héroïquement les conséquences des inconséquences historiques. Mais heureusement, chacun a un pouvoir : celui de se poser des questions, de changer, de s'améliorer.2021 est l'année du bicentenaire de la mort de l'empereur Napoléon. Que cette date indiffère, pique un peu la curiosité ou agace, Gabrielle Dubois est de l'avis de Théophile Gautier :

« Je ne comprends guère l'utilité qu'il y a de parquer deux ou trois cents provinciaux dans une baraque de bois, avec un plafond peint par Fragonard, pour leur faire tripoter et gâcher je ne sais combien de petites lois absurdes ou atroces. Qu'importe que ce soit un sabre, un goupillon ou un parapluie qui vous gouverne ! C'est toujours un bâton, et je m'étonne que des hommes de progrès en soient à disputer sur le choix du gourdin qui leur doit chatouiller l'épaule, tandis qu'il serait beaucoup plus progressif et moins dispendieux de le casser et d'en jeter les morceaux à tous les diables. »

LOUISE,

Tome 1, La MUSE :

1876, Louise a seize ans. Elle est indépendance financièrement, ce qui est rare pour son époque et pour son sexe. Mais est-elle libre ? Dans une société bourgeoise, conventionnelle et patriarcale, chaque choix que Louise fait la marquera à jamais. Jeune et incertaine, mais aussi opiniâtre voire têtue, influencée par les mœurs de son temps, il lui faudra beaucoup de courage pour se frayer son propre chemin. Sur sa route, un compositeur, un peintre, dont elle sera la muse, ou encore un armateur bon vivant. Mais aussi une figure maternelle et les indispensables amies. De Paris à Tahiti, de Tahiti en Australie, un beau voyage de quatre années qui tient en haleine, bien documenté, émouvant et drôle aux personnages attachants. De l'addiction de lectrice à l'état pur !

Tome 2, La FEMME :

Après le tome 1, LA MUSE de la série LOUISE, Gabrielle Dubois nous sert ici un tome 2 encore plus prenant, plus féministe si c'est possible. L'héroïne Louise devra lutter pour se faire une place dans un monde d'hommes.1899. Nous avions quitté Louise à la fin du tome 1 alors qu'elle avait vingt ans. Un événement tragique va bouleverser sa vie. Ses amis, sa famille, seront-ils là pour l'aider et le pourront-ils ? Seul un nouveau voyage à l'autre bout de la terre semble être la solution pour notre héroïne. Du passé ressurgiront amis et ennemis. Que peut réserver l'avenir quand on a déjà toute une vie derrière soi ? Louise saura-t-elle préserver son amour et son bonheur dans ce début de vingtième siècle qui la prendra au dépourvu ? Louise n'est plus l'adolescente, la muse. Plus que jamais femme, son destin est entre ses mains et son cœur. Entre un restant de romantisme du 19ème siècle et la modernité du 20ème, on est comblé. Un fond historique recherché, les caractères des protagonistes qui s'affirment et des lectrices qui s'attachent, qui s'attachent !

CONFESSIONS d'une AUTOGRAPHE

Le libertin Maximilian, décortique la bataille intérieure que va devoir mener Calixte pour accorder ce que son éducation a fait d'elle, ce que la société voudrait qu'elle soit et ce qu'elle est. Mais le sait-elle vraiment ? Grâce aux dialogues percutants qui sont la force de l'auteur Gabrielle Dubois, on lit Les confessions d'une autographe, comme les précédents livres, comme une grande aventure, cette fois-ci plus intérieure.

---

[1] Que la route vienne à ta rencontre.
Que le vent soit toujours dans ton dos.
Que le soleil brille chaud sur ton visage,
et la pluie tombe doucement sur tes champs.
Et jusqu'à ce qu'on se revoie,
Que Dieu te tienne dans la paume de Sa main.

Printed in Poland
by Amazon Fulfillment
Poland Sp. z o.o., Wrocław

89317802R00096